어정쩡한 나이로

농사에 도전하다

어정쩡한 나이로
농사에 도전하다

펴 낸 날   2023년 09월 25일

지 은 이   신용하
펴 낸 이   이기성
편집팀장   이윤숙
기획편집   서해주, 윤가영, 이지희
표지디자인 서해주
책임마케팅 강보현, 김성욱
펴 낸 곳   도서출판 생각나눔
출판등록   제 2018-000288호
주   소   경기도 고양시 덕양구 청초로 66, 덕은리버워크 B동 1708, 1709호
전   화   02-325-5100
팩   스   02-325-5101
홈페이지   www.생각나눔.kr
이 메 일   bookmain@think-book.com

• 책값은 표지 뒷면에 표기되어 있습니다.
  ISBN   979-11-7048-603-9(03810)

신용하

어정쩡한 나이로
농사에 도전하다

캄보디아 망고 농장 개척기

생각나눔

목 차

제1장
농사에 도전하다

제2장
캄보디아의 영농환경

제3장
농사에 뛰어들다

제4장
이런 농사를 지었습니다

제5장
이런 가축을 키웠습니다

제6장
남은 이야기

제7장
연도별 영농일지

책머리에

벌써 캄보디아에서 농사를 지은 지 어언 20년이 넘었다. 정확히 말해서 지금부터 22년 전 캄보디아 남쪽 울창한 열대 우림의 끝자락에 50대 남자 셋이 농사를 짓겠다고 뛰어들었다.

농사의 '농' 자도 모르던 서울 사람들이 야생동물이 출몰하고 독충들이 득실대는 밀림을 농토로 만들겠다고 겁 없이 도전한 것이다.

세월이 지나자 사람들이 무모하다고 우려하였던 그들의 꿈이 결국 이루어졌다. 사람 손이 미치지 않았던 밀림은 반듯한 농장으로 변하여 거기에 수많은 망고나무가 심기고 자라서 부지런히 열매를 만들어내고 있다.

농장은, 적게는 수십 명에서 많으면 수백 명의 일꾼의 일터가 되어 아침부터 저녁까지 바쁘게 일을 하고 있다. 또 농장 안에 학교가 세워지고 200여 명의 꿈나무가 열심히 배우고 있다.

처음 시작하였을 때는 이름조차 없었던 이곳을 우리 스스로 '아리랑 마을'이라 부르기 시작하면서 자연스럽게 동네 이름이 되었다.

점차 농장이 모습을 갖추어 가면서 사람들이 모여 마을이 형성되고, 우리의 농사일이 여기저기 알려지자 많은 사람이 찾아 왔다. 주로 농사 전문가나 농사에 관심이 있는 사람들이었다. 우리는 열심히 전문가에게 묻고, 배우면서 농사에 대한 지식을 넓혀갔다. 시간이 지나

자 우리도 제법 농사에 대하여 말할 수 있게 되었고, 새로 시작하는 사람에게는 도움도 줄 수 있었다.

지금까지 앞만 보고 정신없이 달려왔다.

그러다 문득 지난날을 돌아보니 우리가 이루어 놓은 일들이 신기하기도 하고 엄청나기도 하고 한편 자랑스럽기도 하였다.

그리고 농사를 지으면서 성공한 것들과 때로는 실패한 것들에 대한 원인과 결과도 매우 값진 교훈임을 알게 되었다.

그래서 지금까지 우리가 얻은 지식과 경험 그리고 깨달은 것들을 혼자 알고 있기보다는 다른 사람들, 특히 농사에 관심 있는 사람들에게 알려주면 얼마나 도움이 되고 고마워할까 하는 생각도 하게 되었다.

이 책은 농사에 관한 전문 서적이 아니다. 단지 외국에서 오랫동안 농사를 직접 지으면서 보고 듣고 체험한 영농 일지다.

이 책으로 이 나라를 이해하고 해외 농사에 관심 있는 분들에게 도움이 되었으면 한다.

2023. 8.

우여곡절 끝에 성공한 해외 농사

장인갑

나는 이 책에 나오는 캄보디아에서 농사를 같이 시작한 세 사람 중 한 사람이다. 내가 캄보디아와 인연을 맺게 된 해는 1997년이었다. 그때 나는 방글라데시에서 봉제공장을 하려고 했는데 마지막 단계에서 어느 분이 캄보디아라는 나라도 있으니 한번 알아나 보라고 조언하였다. 나는 방글라데시에서 귀국하는 길에 캄보디아에 들르게 되었고, 그때부터 이 나라의 이상한 매력에 이끌리어 결국 생각지도 않았던 농사까지 짓게 되었다.

글쓴이의 말대로 우리는 도시에만 살았기 때문에 농사를 지을 줄 몰랐다. 더군다나 밀림을 사서 농토를 만들려 했으니 지금 생각해도 무리한 시도였던 것 같다. 그러나 그동안 여러 가지 우여곡절은 있었지만 결국 우리가 계획한 대로 이루어졌고, 성취한 보람도 있었다.

분명한 것은 우리가 경험한 해외 농사는 그리 흔한 일은 아니다. 또 맨땅에서 무로 시작했기 때문에 여러 가지 작물과 동물을 키워볼 수 있는 기회가 있었다. 다행히 글쓴이가 그동안 우리가 하였던 농사일을 소상히 기록하여 책으로 낸다고 하니 반갑고 의미 있는 일이라 생각된다.

부디 이 책으로 해외농사에 관심이 있는 분께 도움이 되었으면 한다.

2023. 9.

농사에 도전하다

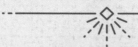

채소농사 하기에는 체력이 문제

조림하기에는 나이가 문제

그럼에도

잘하면 될 것 같은 자신감으로

농사에 도전하다.

농사에 도전하다

처음 캄보디아에 와서 햇수로는 3년, 꽉 찬 2년을 봉제공장에서 일했다.

새로 시작하는 공장이라 기계를 설치하고 직원들을 모집하고 해외에서 옷을 주문받아 만들어 배에 싣기까지 긴장의 연속이었지만, 다행히 차질이 없이 잘 진행되었다.

내가 생각해도 참 열심히 일했고, 나름대로 보람도 있었다.

공장이 정상적으로 돌아가자 긴장이 풀리고 그동안 누적된 피로로 체력에 한계가 오는 듯했다. 공장은 활력이 생명인데 책임자가 나태해지면 안 되겠기에 그만두기로 결심했다.

막상 대책 없이 그만두니 앞으로 내가 무엇을 해야 할지를 생각해야 했다.

그때 우리 나이 또래는 이미 은퇴를 했거나 은퇴를 앞두고 있는 그런 시기였다.

은퇴한 그들의 소식을 들어보니 은퇴 후 생활이 생각했던 것보다 그리 만족스럽지 못한 것 같았다. 때마침 친구도 다른 봉제공장 오너였는데, 공장 운영이 생각처럼 되지 않아 접을 생각이었다. 그러던 중 잘 아는 교민 한 분이 이곳에서 고무농장을 해보면 어떻겠냐고 권하였다.

그렇게 되니 상황이 바뀌었다. 그때까지는 서울로 돌아갈 생각만 하고 있었는데 캄보디아에 남아 농사를 지어보라는 것이다.

사실 3년 동안 이곳 사람들과 같이 일하면서 이 나라를 조금 알게 되었고, 어느 정도 정도 들고 하여 막상 떠난다 하니 아쉬움이 남던 참이었다. 그리고 농사는 지어보지 않았지만 있으면 있는 대로 있는 만큼 시작하면 된다는 생각에 호기심과 자신이 생겼다.

옆에 있던 친구도 같은 생각이었다.

서울 가서 등산복과 등산모와 등산화를 세트로 사서 산에 오르다 잘못하여 다리 부러지는 것보다 캄보디아에서 그 돈 아껴 땅 사서 농사짓는 것이 더 좋을 것 같았다.

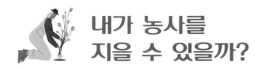

내가 농사를
지을 수 있을까?

농사를 짓기로 했지만, 지금 내 형편으로 진짜 농사를 지을 수 있을지 스스로 살펴보았다.

우선 농사를 지으려면 체력이 더운 나라에서 견딜 만해야 한다.

50대 중반의 나이에 강인한 체력은 아니지만, 이 나라에서 그런대로 3년을 버티었다.

또 농사를 지으려면 우선 돈이 있어야 한다.

지금 당장은 돈이 없지만, 서울에 있는 아파트를 담보로 대출받으면 될 것 같았다. 다만 은행 이자와 서울에서 생활비는 집사람에게 떠맡길 생각이었다.

마지막으로 농사를 지을 자질과 능력이 되는가였다.

농촌에서 태어났지만, 어렸을 때 어머니 따라 벼 베러 갔다가 낫에 손가락 다친 것밖에는 농사에 대한 기억이 없다. 지금도 그때 베인 엄지손가락과 셋째 손가락의 푸르스름한 상처가 훈장처럼 남아있다.

내가 생각해도 내가 농사를 지을 수 있는 좋은 여건은 아닌 듯하였다.

하지만 사람들에게는 여건이 좋지 않을 때는 자신에게 유리하게 생각하는 경향이 있다.

나 역시 마찬가지였다.

왠지 농사를 지을 수 있을 것 같았다.

지금까지 살아오면서 남들 만큼 정상적인 사회생활을 했고, 그 덕에
얻은 지식과 경험으로 일에 대한 분별과 판단을 할 수 있을 것 같았다.

다만 눈썰미가 좀 없어서 농사를 짓거나 동물을 키울 때 주의력이
나 관찰력이 떨어지지 않을까 걱정은 되었다.

어쨌든 열심히 하면 될 것 같은 자신과 함께 용기가 났다.

세 사람이
의기투합하다

외국에서 혼자 농사짓는다는 것은 생각조차 하지 않았다.

농사를 짓기로 결심한 것은 그때 친구가 옆에 같이 있으면서 동참하기로 했기 때문이었다.

그러나 막상 둘뿐이라니 어쩐지 부족한 것 같고 한 사람 더 있었으면 좋겠다는 생각이 들었다. 그러던 참에 평소 캄보디아에 관심을 가지고 있던 친구의 친구가 흔쾌히 같이하자고 해서 쉽게 우리들의 영농 사업단이 결성되었다.

♣ 도원결의는 하지 않았지만

우리는 나이도 같고 자란 환경이나 교육도 같고, 비록 직업은 달랐지만, 평범한 도시의 소시민이었다. 그러다 보니 "척 하면 삼천리"라는 말이 딱 어울리게 의사소통이 잘 되었다.

문제가 있어 토론할 때 쉽게 공감대가 형성되고 토론하고 결정하는 과정이 빠르고 합리적이었다. 한 사람은 산업설비 전문 엔지니어로 매사에 치밀하고 빈틈없어 우리의 리더가 되었고, 대인 관계가 원만하고 음악을 사랑하는 또 한 사람은 진정한 피스 메이커였다.

그는 또한 색소폰을 부는 음악 애호가이자 멋쟁이였다.

별 볼 일 없고 소심한 나는 세 사람의 살림을 챙기는 일을 맡았다.

우리는 사람들로부터 "두 사람이 만나면 싸우고 세 사람이면 패가 갈린다'고 하는데 아리랑 마을 세 사람은 어찌 그리 조용하게 잘 지내느냐"고 반은 부러움, 반은 시새움을 받기도 하였다.

아웅다웅하고 토닥거리며 다투는 일은 젊었을 때나 하는 일이지 환갑을 바라보는 우리 나이에는 다투는 것보다는 대범하게 웃어버리는 것이 어울렸고, 쪼잔하게 사는 것보다는 우아하게 존경받으며 살아야겠다는 공감대가 알게 모르게 형성되어 있었다.

우리는 비록 도원결의는 하지 않았지만, 친형제 이상으로 서로 돕고 협력하고 의지하면서 각자의 꿈을 이루어 갔다.

♣ 어떤 형태로 농사를 지을 것인가?

세 사람이 같은 지역에서 농사를 짓는 것은 당연한 것이었다. 다만 어떤 형태로 농사를 짓느냐에 대하여 여러 가지 방법을 놓고 토론하였다.

주로 회사를 설립하여 각자 지분을 나누는 방법과 각자 땅을 가지고 자기 책임 하에 짓는 방법이 이야기되었는데, 나이도 있고 개성도 다르니 서로 협력은 하되 각자 나름대로 자기 농사는 자기가 알아서 짓기로 하였다.

♣ 살 집을 어떻게 지을 것인가?

처음에는 집을 크게 짓고 같이 살기로 했다.

그러다 집은 각자 집을 따로 짓되 멀리 떨어지지 않고 바로 옆에 짓고 중앙에 홀을 만들어 식사는 같이하기로 했다.

그러다 결국은 앞으로 집사람이 오게 되면 불편할 것 같아서 자기 땅에 자기 취향대로 집을 짓되 세 집의 거리는 100미터 이내로 하여 언제든지 쉽게 만날 수 있도록 하였다.

그래서 지금의 집이 지어지게 되었다.

↑ 한집에서 본 두 사람 집

나머지 한 사람(리더)의 집 →

♣ 한밤중에 색소폰으로 향수를 달래다

각자 살 집이 완성되어도 우리는 저녁이면 리더 집에 모였다. 농사 이야기, 세상 이야기를 하다 보면 9시가 되었다. 그때에는 아직 공용 전기가 없을 때라 발전기를 썼다. 저녁 6시에 시작해서 9시까지만 발전기를 돌리다 보니 전기가 꺼지면 우리는 준비한 플래시를 켜고 각자 집으로 향한다. 집 주인도 배웅 차 따라 나온다.

각자 집으로 가는 길목에서 우리는 하늘을 본다. 보름달이 뜰 때는 달이 너무 밝아 굵은 글씨면 보일 정도다.

달이 없는 캄캄한 밤에는 하늘에서 쏟아지는 별들과 은하수를 본다. 하늘에 별들이 그렇게 많은 줄 전에는 몰랐다. 날씨에 따라 반딧불이가 현란하게 쇼를 할 때도 있다.

그러던 중 리더 집에 정자가 완성되었다. 2층 구조인데 계단을 따라 올라가면 사방이 확 틔어 전망이 끝내준다.

저녁 마실 장소가 정자로 바뀌었다.

발전기 소리가 그치고 사방이 불빛 하나 없이 깜깜하고 하늘에는 별이 총총하다.

풀벌레 소리만 간간이 들릴 때 적막을 깨고 색소폰에서 「대니 보이」가 운다.

음악이 사람에게 그렇게 위안을 주고 힘을 나게 하는지 그때야 실감이 났다.

이렇게 우리는 하루를 마무리하고 내일을 기약했다.

집에서 본 어느 날의 석양(서쪽)

집에서 본 어느 날의 석양(동쪽)

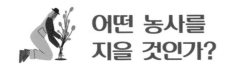

어떤 농사를
지을 것인가?

고무나무 농장을 하려던 게 농사를 짓게 된 동기였다.

그러나 우리가 하기에는 새롭지가 않고 진부하게 보여 포기했다.

관상수를 한국으로 수출하려다 물류비용 때문에 역시 접었다.

후추를 재배하려고 열심히 알아보고 계획도 세웠는데, 일이 꼬이고 말았다.

그때까지는 무엇을 심겠다 하고 그것에 맞는 땅을 보러 다녔다.

가장 당연한 수순이었다. 그러나 지금 농장을 구입하고는 상황이 달라졌다.

반대로 땅에 맞는 작물을 찾아야 했다. 우리는 열심히 무엇을 심을까 알아보았고, 알아본 바를 토대로 토론하고 또 미흡한 것은 더 알아보고 하였다.

때로는 각자 자기가 꼭 심어보고 싶다는 작물도 있었다.

그것조차도 같이 알아보았다.

조사한 결과 우리 땅과 형편으로 도저히 안 될 것 같으면 포기하도록 설득해서 예상되는 손실을 미리 막았다. 그러다 보니 막상 농사를 각자 따로 짓는다 해놓고도 심는 작물은 모두 같았다. 같이 알아보고 같이 의논하였으니 결론도 같았기 때문이다.

미리 땅을 정해놓고 거기에 맞는 작물을 찾으려니 제약이 많았다.

채소를 심기에는 땅이 너무 넓고, 조림을 하기에는 우리의 나이가 너무 많은 것 같았다.

심을 작물이 우리 땅 토질에도 맞아야 하고, 기르기도 쉽고 판매도 수월해야 했다.

결국 망고가 결정되었는데, 그때 바로 결정된 게 아니고 몇 번의 시행착오 끝에 자연스럽게 나온 결론이었다.

2

캄보디아의 영농환경

외국에서 농사를 지으려면
그 나라를 이해하고
주변 환경도 알아야 한다.

10년이면 강산도 변한다는데
20년이 넘었으니
가히 상전벽해라.

시작할 때와
지금은
너무 달라졌다.

과거를 돌아보고
오늘을 살피고
앞날을 대비하자.

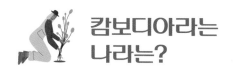

캄보디아라는 나라는?

　인도차이나 반도 남서쪽에 위치한 캄보디아는 남쪽은 바다이고 태국, 베트남, 라오스와 국경을 마주하고 있다.

　면적은 우리나라 남한의 1.8배이며, 기후는 열대몬순 기후다. 국토의 80%가 평지고, 그중 20%를 농지로 사용하고 있다.

　토양은 지역에 따라 다르나 모래와 진흙이 섞인 사점토이거나 붉은 황토이고 강, 호수 주변은 검은 퇴적토로 분포되어 있다.

　특히 캄보디아는 태풍과 지진이 없어 축복받은 땅이라 한다.

　매년 가꿔놓은 작물을 태풍이나 폭우로 망칠까 노심초사하는 우리나라 농민들에게는 부러운 나라임이 틀림없다.

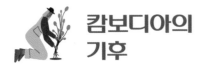

캄보디아의 기후

♣ 캄보디아 기후의 특징

캄보디아는 열대몬순 기후로 고온 다습하고 우기와 건기가 뚜렷하다.

특히 우기 때는 짧은 시간에 소나기가 쏟아지고 다시 해가 남을 반복한다. 관광 안내 책자에 보면

11월~4월: 건기

5월~10월: 우기

다시 세분하면

11월~2월: 서늘하고 건조해서 지내기 좋다.

3월~5월: 덥고 건조하다.

6월~8월: 덥고 습하며 농사짓기 좋다.

9월~10월: 서늘하고 습하며 농사짓기 좋다.

그러나 최근에는 지구 온난화 영향인지 건기 때도 비가 오고 우기 때도 가뭄이 오는 등 변화의 조짐이 있다.

우기의 절정기인 10월에 접어들면 바람의 방향이 바뀌고 비가 그칠

조짐이 보이다가 12월이 되면 비는 완전히 그치고 선선해지면서 온도는 연중 최저치를 기록한다.

1월 중순부터 서서히 더워지며 비가 한두 차례씩 오며 4월, 5월에는 더위가 절정에 이른다.

이와 같이 기후가 매년 같은 패턴으로 변하니까 어느 정도 예측이 가능하여 농사짓기에 유리하다.

온도, 습도

평균 온도 28℃이고, 하루의 온도 범위는 21℃에서 35℃이다.

가장 더운 4~5월에는 38℃까지 올라간다.

상대 습도는 60~80%이다.

강우량

평균 강우량은 1,800mm로 우리나라의 1.4배라 한다.

평야 지대의 평균 강우량은 1,400mm이고, 산악지대나 해안지방은 3,800mm에 달한다.

일장 시간

연중 6월이 가장 긴 13.2시간이고, 12월이 가장 짧은 11.5시간이다.

♣ 우리 아리랑 마을 지역의 기후

캄보디아가 태풍과 지진이 없다고 해서 반드시 농사가 잘되는 건 아니다. 그해 농사가 풍년이냐 흉년이 되느냐는 그때그때 날씨에 큰 영향을 받기 때문이다.

농장을 시작하면서 날씨에 대하여 기록하기 시작했다. 생각날 때마다 또는 특별한 변화가 있을 때 틈틈이 기록하였다. 바쁠 때는 한참 건너뛰기도 했다.

또 2004년부터는 매일 비 오는 날을 기록했다. 비는 많이 올 때도 있지만, 살짝 뿌릴 때도 있었다.

나름대로 기준을 정하여 지금까지도 계속 표시하고 있다.

단순한 기록이라 농사에 직접 도움이 안 될지는 몰라도 날씨 변화를 이해하고 비 피해를 미리 예방하는 데 참고가 되지 않을까 생각된다.

월별 비 온 날 통계(기록 기간: 2004.~2023. 4.)

월별	월	1	2	3	4	5	6	7	8	9	10	11	12
기록 연수	년	19	19	19	19	17	16	16	16	17	17	18	18
총 비 온 날	일	42	39	92	161	187	223	281	276	295	272	162	59
평균 비 온 날	일	2	2	5	8	11	14	18	17	17	16	9	3
최저 비 온 날	일	0	0	1	6	4	5	9	9	12	3	2	0
최대 비 온 날	일	7	6	13	12	16	19	25	28	25	26	22	9

‒ 연중 제일 비가 많이 온 해: 2016년 총 136번
‒ 연중 제일 비가 적게 온 해: 2006년
　　　　　　　　　　　　　2019년 총 106번

♣ 아리랑 마을 지역의 월별 날씨

1월

건기가 3개월째 접어드는 달이다.

월초까지는 선선한 날씨가 계속되다 중순부터 서서히 더워지기 시작한다. 비가 없어 땅이 메마르고 나무는 수분이 부족하고 풀은 말라서 이달이 화재가 가장 많이 발생하고 농장들은 불 피해를 본다.

간혹 비가 와서 해갈에 도움도 주지만, 식물들에게는 견디기 힘든 달임엔 틀림없다. 바람 방향은 북동풍이 불기도 하고, 남서풍이 부는 등 뚜렷한 특징이 없다. 이달은 망고 꽃이 한창 피는 날이기도 하다.

19년 동안 이달에 비 온 날을 보면

평균 비 온 날은 2번

가장 많이 온 해는 7번

그리고 한 번도 비가 오지 않는 해도 있었다.

본격적으로 더워진다.

비가 오지 않아 연못물이 줄어들고, 도랑물이 흐르지 않을 때도 있다.

이달에 오는 비는 해갈에 도움이 되지만, 오지 않을 때는 농부들이 비를 기다리며 애를 태운다.

비가 올 때면 풀이 자라면서 화재의 위험이 줄어든다.

바람의 방향은 부드러운 서풍이 불기 시작하고 때로는 북풍과 혼조를 보이기도 한다. 북풍은 강하고 서풍은 약하다.

어떤 해는 망고 꽃이 늦어 이달에 피기도 한다.

19년 동안 이달의 비 온 날을 보면

평균 비 온 날은 2번

가장 많이 온 해는 6번

그리고 아주 오지 않는 해도 있었다.

아침에 부였던 하늘이 점차 맑아지고 해가 나며, 무덥다가 밤에는 선선하다. 2월에 비하여 강우량이 많은데 해에 따라, 이달의 강우량이 많고 적음에 따라 그해 농사에 영향을 준다.

특히 강우량이 적을 때는 채소값이 올라간다.

이달에 몹시 더울 때는 기온이 38℃까지 올라갈 때도 있다.

19년 동안 비 온 날 통계를 보면

평균 비 온 날은 5번

가장 많이 온 해는 13번

가장 적게 온 해는 1번이었다.

건기 막바지 달로 연중 가장 더우나 밤에는 다소 선선하다.

어떤 해는 밤에 부는 선선한 바람이 한국 가을 날씨 같다고 한다.

3월보다 비가 많고 본격적인 우기에 대비해야 한다.

이달은 망고 수확이 한창일 때다.

19년 동안 비 온 날을 보면

평균 비 온 날은 8번

가장 많이 온 해는 12번

가장 적게 온 해는 6번이었다.

망고 수확

우기가 시작되는 첫 달이다.

더위는 한풀 꺾이는 모습이나 어떤 해는 더욱 기승을 부려 체감온도가 40℃를 넘을 때도 있다.

망고 수확이 끝나고 다시 시작할 준비를 한다.

충분히 해갈되었지만 어떤 해는 부족하여 농심을 애태운다.

17년간 비 온 날을 보면

평균 비 온 날은 11번

가장 많이 온 해는 16번

가장 적게 온 해는 4번이었다.

　우기 두 번째 달이지만, 어떤 해는 비가 충분히 오지 않아 연못물이 덜 차고 도랑물이 흐르지 않을 때도 있었다.

　망고 심을 준비를 하고 있다가 비가 충분히 오면 심는다.

　이달은 해가 떠있는 시간이 제일 긴 달이다.

　하늘에 먹구름이 보여서 비가 올 것 같은데 어느덧 흩어져 비가 오지 않는다.

　16년간 비 온 날을 보면

　평균 비 온 날은 14번

　제일 많이 온 해는 19번

　제일 적게 온 해는 5번이었다.

　본격적으로 비가 온다.

　연못물이 넘치고 도랑물이 흐른다.

　어떤 해는 일주일 내내 흐리고 비 오기를 반복한다. 그런가 하면 아침은 맑고 저녁이나 밤이 되어 비가 올 때도 있다.

16년간 비 온 날을 보면

평균 비 온 날은 18번

가장 많이 온 해는 25번

가장 적게 온 해는 9번

이었다.

연못

8월

그동안 내린 비와 새로 오는 비로 농장 전체가 물에 젖어있다.

망고는 이때다 싶어 부지런히 자라고, 잡초도 덩달아서 기승을 부린다. 새로 오는 비는 땅에 스며들지 않고 바로 흘러서 도랑물이 개울물이 되고 다시 조그만 강으로 변하여 도도히 흐른다. 이때쯤 비 피해를 조심해야 한다.

최근에는 우기의 건기라 하여 한동안 비가 오지 않을 때도 있다.

16년간 이달에 비 온 날을 보면

평균 비 온 날은 17번

가장 많이 온 해는 28번

가장 적게 온 해는 9번이었다.

9월

8월부터 10월까지가 우기의 절정인데, 9월은 그 중간에 있다.

바람은 서풍이나 간혹 동풍일 때도 있다.

습하고 무덥고 비가 흔하다.

작물한테는 제일 자라기 좋은 달이지만, 사람에게는 지내기가 힘들고 불편하다. 그러나 농민들로서는 불평할 형편이 아니다.

17년 동안 이달의 비 온 날을 보면

평균 비 온 날은 17번

가장 많이 온 해는 25번

가장 적게 온 해는 12번이었다.

10월

우기의 막바지이며, 연중 강우량이 제일 많은 달이다.

비가 많이 와서 둑이 무너지거나 도랑물이 넘치고 다리가 잠길 때도 있다.

최근에는 우기의 건기 현상이 나기도 한다.

월말이 가까이 오면 바람 방향이 바뀌고 비가 줄어드는 등 계절의 변화가 감지된다. 환절기는 사람이나 짐승이나 식물이나 모든 만물이 건강을 조심해야 하는 달이다.

17년간 비 온 날을 보면

평균 비 온 날은 16번

가장 많이 온 해는 26번

가장 적게 온 해는 3번이었다.

우기 때 저녁노을

건기가 시작되는 첫 달이다. 비가 계속 오는 해도 있고, 이미 전달부터 그친 해도 있었다.

날씨가 선선해지고 일교차가 심해지면서 이제 본격적인 건기 철을 맞을 준비를 하여야 한다. 어떤 해는 건기가 일찍 와서 망고 꽃이 일찍 피기도 한다.

18년간 비 온 날을 보면

평균 비 온 날이 9번

가장 많이 온 해는 22번

가장 적게 온 해는 2번이었다.

망고꽃

일 년 중 가장 선선한 달이다.

북풍이 강하게 불고 어떤 해는 기온이 너무 내려가 한파 주의보가 내리기도 한다.

아침 최저 기온이 18℃, 낮 최고 기온이 21℃ 될 때도 있다. 즉 우리로선 선뜻 이해가 안 되지만 더운 나라에서는 이 정도면 춥다는 뜻이다. 그래서 잘 때 이불을 덮고 자고, 일꾼들은 잠바를 입는 등 법석을 떤다.

이때 양돈장에서는 새끼 돼지한테

화재

보온을 해주어야 한다. 외국인에게는 이달이 관광하기 제일 좋다.

중순이 지나면 이곳저곳에서 마른풀 때문에 불이 나기 시작하여 농장에는 화재 비상이 걸린다. 아울러서 식물들은 수분 부족으로 위기감을 느끼고 씨를 만들기 위하여 꽃을 피운다. 또 이달은 일 년 중 해가 떠있는 시간이 가장 짧은 달이기도 하다.

18년 동안 이달에 비 온 날을 보면

평균 비 온 날은 3번

가장 많이 온 해는 9번

그리고 한 번도 오지 않는 해도 있었다.

♣ 불조심

화마가 지나간 자리

비가 그치고 건기가 시작되면 대지는 서서히 굳어지고 식물들은 수분 부족으로 말라간다.

빠르게는 12월부터 시작하여 모든 농장은 화재로 비상이 걸린다.

불이 작게 시작하더라도 강한 바람을 동반할 때는 걷잡을 수 없이 번져 큰 피해를 보게 된다. 불이 나는 원인은 여러 가지 있다.

소 키우는 목동들이 새 풀을 나게 하려고 마른 풀을 태우기도 하고, 야생 꿀 채취꾼들이 버리고 간 타다 남은 마른 풀 방망이에서도 난다. 또 담배꽁초에서도 날 때가 있다.

우리 농장은 대부분 다른 데서 옮겨온 불로 피해를 본다. 이런 불은 처음 발견하면 끄기가 쉽다. 그러나 때를 놓치면 불이 번져서 끄는 범위도 넓어지고 피해도 크다.

한밤중에 발생한 화재

농장 초기에는 불을 막기 위하여 방화로를 만드는 등 여러 가지 대책을 세웠으나 여러 번 시행착오로 피해를 보았다. 또 불을 예방하기 위하여 건기 초에는 땅이 메마르기 전 먼저 트랙터로 경계선을 갈아엎어 맨땅으로 만들어 외부에서 번져 오는 불을 막기도 하였다.

그리고 불이 났을 때를 대비하여 항상 물탱크에 물을 준비하고 있다가 불이 나면 즉시 출동하도록 준비하고 있다.

근래에는 아예 불침번을 세워 화재를 빨리 발견토록 하고 있다.

농장 초기 농장 인근에서 개간 작업을 하던 일꾼이 나무를 태우고 잔불 정리를 하지 않아 불이 옆집으로 번지고 순식간에 우리 집을 거쳐 또 옆집으로 번져 큰 피해를 보았다. 피해가 너무 커서 경찰에 신고하고 방화범을 잡아달라 하였는데 소식이 없었다.

불 피해를 방지하는 것은 오로지 자기 책임이다. 그러다 2월이 되어 비가 한 번씩 오게 되면 새싹이 나온다. 새싹은 마른 잎과 달리 불이 쉽게 번지지 않아 화재 위험에서 조금 비켜난다. 농장 초기에는 그야말로 불과의 전쟁이었고, 지금도 그 전쟁은 계속되고 있다.

♣ 물난리

연못

우기가 절정인 8~10월 사이는 물난리가 난다.

사실 물난리라는 표현은 좀 과장되고, 비 때문에 둑이 터져서 해마다 한바탕 곤욕을 치르곤 하였다.

농장을 동서로 잇는 중앙에 작은 개울이 있다. 농장 남쪽 끝에서 발원하여 동쪽으로 흐르는데, 수량에 따라 도랑이 되기도 하고 개울이 되기도 한다.

농장에는 크고 작은 연못이 8개가 있는데 비가 와서 연못에 물이 넘칠 때는 도랑으로 흐른다.

문제는 농장 동쪽과 서쪽을 연결하는 도로가 5개나 되는데 이 도랑을 지나야 한다. 다리를 놓을 형편도 아니고 해서 시멘트 배수관을 묻고 그 위에 흙을 덮어 둑을 만들어 도로로 사용하였다.

그런데 문제는 물이 넘치면 둑과 배수관이 떠내려가곤 하였다. 나는 이 정도 크기 배수관이면 충분히 되겠다 싶었는데 번번이 예측이 빗나가 물이 넘치는 것이다.

그래서 둑이 띠내려갈 때마다 더 큰 것을 묻기를 반복하다 보니 마지막 둑에는 지금은 1m 지름의 시멘트 배수관을 세 줄이나 놓았다.

그러자 지난해는 무사히 넘어갔다.

어떤 해는 비가 많이 와서 다섯 개 둑이 다 무너져서 망연자실할 때도 있었다.

큰 도로에서 농장까지 오는 진입로에는 다리가 두 개 있다. 첫 번째 다리는 돈을 아끼느라 나무다리를 놓았다. 다음 해 큰 비로 유실되어 시멘트 다리로 보강했다.

어떤 해는 비가 많이 와서 다리에 물이 넘쳐 며칠간 통행을 못 할 때도 있었다.

물난리라 표현했지만 다행히 농작물에는 피해는 없었다.

다른 지역에서는 홍수가 나서 이래저래 농작물이 피해를 보았다는 뉴스를 들을 때마다 같은 농사짓는 사람으로 마음이 아팠다. 그리고 우리 농장이 그나마 큰 피해 없이 잘 넘기고 있다는 데 감사하고 있다.

캄보디아의
토지제도

대부분 나라와 마찬가지로 캄보디아도 외국인이 자기 이름으로 땅을 소유할 수 없다. 그러나 주변에 많은 외국인이 자기 땅이라 하며 사고팔고 있다.

토지에 관하여 합법, 불법, 편법의 구분이 애매하고, 가끔 분쟁이 생기기는 하지만 이것 때문에 농사를 못 지을 정도로 심각한 문제는 아닌 것 같다. 외국인이 남의 나라 땅에 와서 살려면 그 정도 위험 부담은 각오하고 시작한다면 혹 문제가 생겨도 담담하게 대처할 수 있다.

외국인이 땅을 소유하는 방법은 여러 가지 있다. 그러나 그 방법들은 나름대로 장단점이 있으니 부동산 중개업자나 변호사 등 전문가와 상의하여 자기 형편에 맞게 선택하면 된다.

만약 넓은 땅이 필요하다면 정부로부터 경제적 토지 양여권을 얻는데, 보통 정부 임대토지라 부른다. 주로 수천 핵타 규모인데 최근에는 양질의 토지는 소진되고 양여 조건도 까다로워졌다고 한다.

이런 정부 임대토지는 워낙 땅이 넓다 보니 임대 계약 시 여러 가지 부대 조건이 따른다. 즉 임대하는 토지 내 학교나 군부대 등 공공시설은 임대에서 제외되고, 특히 주민이 점유하고 있는 5ha 미만 땅도 임대에서 제외하게 되어 있다. 그런데 일단 계약이 체결되면 정부의 역할은 끝나게 되고, 임대인이 넓은 토지를 직접 관리하게 된다.

이때 난데없이 자기들은 임대토지에서 제외되는 5ha 미만에 해당하는 주민이니, 자기 땅을 인정해 달라고 주장하는 사람들이 자꾸 나타난다.

그때 그들의 주장을 들어주다 보면 임대 토지가 점점 줄어들게 된다. 결국 이런 분쟁은 돈 문제이기 때문에 당사자끼리 해결하게 되고 마지막에는 임대인의 부담으로 돌아간다. 그러므로 정부 임대토지를 계약할 때는 계약 전 철저하게 사전 조사를 하여 앞으로 분쟁이 발생하지 않도록 해야 한다. 그린데 그게 사실상 어렵다.

이 나라 토지를 확실히 안전하게 구입하는 방법은 이 나라 영주권을 획득하는 방법인데, 만약 본인에게 유고가 생기면 이에 따른 문제가 있다.

또 법인을 설립하여 본인이 49% 지분을 보유하는 방법도 있고, 현지인의 이름을 빌려서 사는 방법도 있다.

♣ 등기제도

이 나라에는 아직도 소유권 등기제도가 우리나라처럼 확립되어 있지 못하다.

그러나 점차 정착되어 가는 과정에 있다.

현지인들은 자기들끼리 작은 토지를 사고팔 땐 등기 이전 비용이 아까워 면장이 확인해 주는 매매계약서로 서로 만족한다.

국가에서 인정하는 토지 소유권은 중앙정부에서 관할하지만 발행은 해당 주지사에게 위임하였는데, 비용이 현지인에게는 부담되는 금액이었다.

따라서 수년 전부터 현지인이 소유하고 있는 10ha 미만 땅은 나름대로 확인 절차를 거쳐 무료로 발행해 주고 있다.

소유권이 있으면 소유권에 따른 분쟁이 없어 사고팔기가 유리하고, 은행에 담보가 가능하다.

땅 계약

인력,
노동력

캄보디아는 가족 중심의 농경사회다. 또 주로 벼농사를 짓는다.

그들은 조상에게 물려받은 농토에서 3대에 걸쳐 한 지붕에서 산다. 자녀들이 자라면 장남은 농지를 물려받고, 나머지는 일터를 찾아 도시로 나간다. 왜냐하면, 그들에게까지는 남겨줄 농토가 없기 때문이다. 여자는 주로 공장에 가고 남자는 건축 현장에 간다.

벼농사는 농번기가 있다. 모내기할 때와 벼 베기를 할 때는 부모가 외지에 가있는 자식들을 부른다. 그러다 농한기가 되면 그나마 집을 지키던 부모나 큰아들조차도 일을 찾아 타지로 나선다. 어른들은 농한기가 없는 농장의 날품팔이로, 젊은이는 대도시로 나가서 이런 일 저런 일을 찾는다.

떠돌이 일꾼의 정착기는 이렇다.

먼저 한 사람이 온다.

있어 보고 있을 만하면 이웃이나 형제를 부른다.

괜찮다 싶으면 부인이 온다.

살 만하다 싶으면 부모나 할머니한테 맡겨놓은 어린 자식들을 데려온다.

그러다 보면 농장은 그들의 일가친척으로 채워진다.

이런 경우 장단점이 있다. 일을 시키면 자기들 나름대로 위계질서가 있어 서로 분담하고 도와주고 해서 일이 수월하게 된다. 반면에 무슨 일로 삐지면 다 가버린다.

♣ 노동의 질

농장의 일꾼은 모두가 농부 출신이다. 똑똑한 자식은 돈 버는 꿈을 안고 해외로 간다. 좀 재주가 있는 자식은 도시로 가서 그나마 임금이 좋은 전문직이나 기술자가 된다.

농장에 오는 인력은 수평 이동이다. 이곳이나 저곳이나 농사짓기는 마찬가지다. 처음에는 일꾼들 일 하는 모습이 한심했다. 일하는 동작이 마치 느린 동영상을 보는 것 같아 답답했다.

내가 한번 시범적으로 해보았다. 괭이가 생각보다 무거웠다. 땅을 파니 깊이 파이질 않았다. 힘을 주니 조금 더 파였다. 그런데 숨이 찼다. 이 일을 하루 8시간 계속한다고 생각하니 그들의 작업 방법이 이해가 되었다.

여럿이 같이 힘을 써야 하는 일은 반드시 한꺼번에 하지 않고 중간중간 쉬면서 하였다. 그들 나름대로 컨디션을 조정하는 것이다.

나는 일꾼들에게 오전에 한 번, 오후에 한 번 쉬는 시간을 주었다. 처음에는 쉬라니까 의아하게 생각하는 것 같았다. 지금까지는 이런 일이 없었기 때문이다. 쉬는 시간이 정착되니까 일꾼들이 좋아하고, 다른 농장 일꾼들에게 자랑스러워하는 것 같았다.

흔히들 캄보디아 사람들은 바보가 없다고 말한다.

그 말이 맞는 것 같다.

지금까지 많은 사람과 같이 일해 보았지만, 못 알아듣거나 멍청한 짓을 하는 사람은 보지 못하였다.

♣ 명절에 귀향하다

이곳도 우리나라 설날과 추석처럼 고유 명절이 있다.

우리의 설날에 해당하는 '쫄 스남'은 4월에 그리고 추석에 해낭하는 '프춤번'은 10월에 있다.

이때는 모든 일꾼이 고향에 간다.

공식 공휴일은 삼사일이지만, 아랑곳하지 않고 쉬고 싶은 대로 놀고 온다.

돌아올 때는 친척이나 동네 사람 한둘을 달고 온다.

전통 결혼 의상을 입은 신랑, 신부

언어, 소통

외국인이 이곳에서 여기 사람들과 어떻게 소통할까?

사실 큰 문제는 아니다.

말이 통하지 않아 일을 못 한 적은 없으니까.

처음 이곳에 왔을 때, 그러니까 25년 전에는 이곳 지식층에서 장년은 프랑스어, 청년은 영어를 한다고 했다. 지금은 세월이 지나 프랑스어 세대는 거의 사라지고 지금은 모두가 영어 세대다.

그러나 여전히 대부분 캄보디아인들은 그들의 고유 언어인 크메르어를 사용하고, 외국어는 낯설다.

이곳에서 캄보디아어를 배우는 길은 이런 방법들이 있다.

선교사들은 언어가 필수이기 때문에 전문 학원이나 대학에서 정식으로 또 집중적으로 배우니 빨리 배우고, 나름대로 전문용어에도 익숙하다.

다른 방법은 현지인과 결혼했거나 현지인과 같이 생활하면서 자연스레 배우는 경우다. 생활에 필요한 다양한 용어는 빨리 배우고 익숙하나 전문용어에는 약하다.

세 번 째는 나같이 애매한 경우다. 일 때문에 배울 시간이 없고, 통역을 두다 보니 일에는 지장이 없다. 그러니 자연이 캄보디아 말을 늦게 배운다. 말이 안 통하거나 잘못 알아들어 생기는 일화는 많으나 말 때문에 큰 문제가 일어나거나 소동이 벌어진 일은 거의 없다.

지내다 보니 일꾼과 간단한 일들은 소통이 되었다. 내가 발음을 잘못 하더라도 오래된 일꾼은 알아들었다. 어떤 때는 나는 내가 말을 잘해서 알아듣는 줄 착각했다.

그 착각이 들통나는 건 시장 가서 물건 살 때였다. 시장에서는 내 말을 못 알아들었다. 이유는 내 발음이 틀렸기 때문이다. 내가 틀리게 말을 해도 일꾼은 그러려니 하고 알아들었던 것이다.

의사소통이 잘못되어 일을 그르치지는 않지만, 잘못 진행되는 경우가 가끔 있었다. 소통이 잘못되어 시행착오를 몇 번 경험하고서야 사전 교육이 중요하다는 걸 깨달았다.

그래서 무슨 일을 할 때는 우선 매니저한테 할 일을 설명하고, 다시 매니저와 일꾼 앞에서 설명하고, 그 일을 처음 시작할 때는 반드시 제대로 하는지 직접 확인하고 나서야 계속 진행하도록 하였다. 번거롭기는 하지만 일이 잘못되어 수습하는 게 더 귀찮기 때문이다.

어떤 때는 일꾼들 앞에서 같은 말을 강조하느라 여러 번 되풀이하다 보니 일꾼들이 히죽히죽 웃는 것이었다. 알고 보니 발음을 잘못하여 내가 욕을 하고 있었던 것이다.

그들은 알고 있었다. 내가 자기들한테 욕하는 게 아니고 내 발음이 엉터리라는 것을 말이다.

♣ 어떤 소통

어렸을 때 방학 때면 외가에 갔다. 외가에는 외할머니의 친정어머니가 계셨다. 나는 그분을 외외할머니라고 불렀다.

외가는 초가집이었지만, 외외가는 기와집인 데다가 좌우에는 행랑채까지 있는 매우 큰 집이었다.

외외할머니는 연로하신 데다가 거동이 불편하신지 나는 한 번도 그분이 바깥출입 하시는 걸 본 적이 없었다.

자식들은 외지로 나가고 단지 나이 드신 할머니 한 분만이 수발들고 있었다.

나에게는 나보다 두 살 위인 막내 외삼촌이 계셨는데 늘 나를 데리고 다니셨다. 우리의 일과 중 하나가 아침에 외외할머니한테 인사 가는 거였다.

외외할머니는 덤덤히 인사를 받으시고는 천천히 몸소 다락 위로 올라가셔서 오징어 한 마리를 주셨다.

그때는 오징어가 귀했다. 특히 산골이라 더 귀한 것 같았다.

우리는 만족하고 사이좋게 나누어 먹었다.

지금 생각해도 외외할머니와 대화를 나눈 적이 기억에 없다.

우리가 인사드리러 가는 목적이 오징어라는 것을 알고 계셨을 것이다. 갈 때마다 오징어 달라는 말을 한 적도 없고 또 허탕을 치는 일도 없었다. 그렇다고 오징어를 먹고 싶어 하루에 두 번을 가는 염치없는 아이들도 아니었다. 나중에 생각하니 도대체 주변에 오징어를 먹을 만한 사람이 없었다. 그 오징어는 순전히 우리를 위하여 외외할머니께서 준비하신 거였다. 말 한마디 없이 할머니와 손자는 완벽하게 소통을 한 것이다.

지금 와서 생각하니 그때 우리가 조금만 센스가 있는 아이였다면 할머니의 어깨나 팔을 주물러 드리거나 사랑한다는 말이라도 해드렸으면 얼마나 기뻐하시고 좋아하셨을까 생각하니 아쉽고 후회가 되었다.

농장에는 일꾼들 아이들이 있었다.

우리 집에 올 때는 절대로 혼자서는 안 온다. 아마 부모들이 자주 가서 주인을 귀찮게 하지 말라는 주의를 준 모양이다.

아이들이 부모가 일이 있어 나를 만나러 오면 꼭 따라온다. 그때마다 아이들 한데는 꼭 먹을 것을 준다. 물론 옛날 외갓집 생각이 나서다. 그래서 시장에 갈 때마다 적당한 과자들을 미리 준비해 둔다.

어느 날인가 바깥에서 이상한 소리가 들렸다. 까마귀 소리도 같고 원숭이 소리도 같고 애 우는 소리도 같은데 반복해서 들렸다. 한 번도 아니고 계속 들려서 이상해 밖을 내다보니 일꾼 아이 형제가 평상 위에 올라서 문 쪽을 향하여 우리와 소통을 시도하고 있었다. 작은놈은 이제 걸어다닐 정도고, 큰놈은 이 동생을 업고 다니는 조금 더 큰 아이였다.

큰놈이 동생의 종아리를 꼬집으면 동생이 소리를 내었다. 형이 꼬집을 때마다 이놈이 소리를 내는데 아파서 우는 소리는 아니었다. 두 놈들의 눈은 우리 집 문이 열리는지를 열심히 주시하면서 소통이 성공할 때까지 꼬집고 소리 내고를 반복하고 있었던 것이다. 하도 어이가 없기도 하고 어린것들이 어떻게 이런 생각을 했나 신통하기도 해서 웃었다.

살다 보면 이런 소통도 있는 것이었다.

그리고 그 아이들은 완벽하게 성공했다.

옛날 아직 말을 사용하지 못하였던 원시인 시절에도 소통을 못 하지는 않았을 것 같다.

단지 불편은 했을 것이다.

교민 자녀들이 농장을 방문하여 즐거운 시간을 보내고 있다

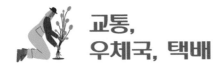 교통,
우체국, 택배

♣ 대중교통

캄보디아의 대중교통 수단은 우리나라와는 너무 다르다.

그러나 이동하는 수단이 다를 뿐 나름대로 그 나라 실정에 맞게 점차적으로 개선되고 있다.

수년 전부터 프놈펜에 시내버스가 생겼는데 아직 대중화되지는 않는 것 같다. 차를 타고 가다 보면 버스 정류장은 한두 사람 기다리고 있고, 버스도 타고 있는 사람들을 보면 노인 서너 명이 앉아있을 뿐이었다.

이곳 사람들이 외출할 때는 가까운 곳은 툭툭이라고 오토바이가 끄는 삼륜차 비슷한 탈것을 이용하고 예외로 택시도 가끔 있다. 프놈펜에서 주요 관광지까지는 관광버스가 정기적으로 운행하는데 주로 외국인이나 부유층이 이용한다. 지금은 생활이 나아져서 먼 거리도 자기 차로 이동하는 경우가 많아졌다.

일반 서민이 먼 곳을 가려면 이 나라 택시를 이용한다. 이곳 택시란 우리나라 중고 봉고차를 가지고 여러 사람을 태우는 미니버스로 생각하면 된다. 우리는 그냥 봉고택시라 한다. 이 봉고택시는 택시란 표시도, 행선지 표시도 없는 개인이 허가받지 않고 하는 택시다.

농장 초기에 프놈펜에 일이 있을 때 부득이 몇 번 봉고 택시를 탔다. 길거리에 서있으면 봉고택시가 지나가다가 선다. 가다가 사람이 서 있으면 또 선다.

정거장이 바로 손님이다. 어떤 때는 손님을 태우고 가다가 골목길에도 들어가서 새 손님을 태운다. 그 손님과 미리 예약이 되어있었기 때문이다. 그럴 때는 짐이 잔뜩 있어 그 짐을 싣는데도 시간이 걸린다.

프놈펜은 어느 곳에 종착지가 정해져 그 이상은 가지 않지만, 종착지까지 가는 길은 손님이 원하는 장소에 내려준다.

내릴 때 돈을 받는다.

봉고택시로 가다간 가는 시간이 얼마나 걸릴지 몰라 손님과 약속을 했다간 낭패를 본다.

우리가 보기에는 황당하지만 현지인들에게는 일상화되어 있어 아무도 불평을 하지 않고 '봉고택시는 원래 이런 거다.'라고 생각하는 것 같았다.

프놈펜에서 농장으로 돌아오는 길은 더 황당하다. 탈 때 목적지를 알려주고 거기에 가느냐고 물으면 무조건 간다고 해서 탔다. 그러다 중간 도시에 차를 세우고 자기 차는 여기까지만 오고 저 차가 거기까지 가는 차니 바꿔 타라고 일방적으로 손님을 인계한다. 어떤 때는 세 번까지 바꿔 타고 그때마다 요금을 다시 흥정하니까 돈이 더 나간다. 그러다 보니 봉고택시를 타고 외출하려면 산 넘고 물 건너는 모험을 각오하고 마음을 비우고 타야 한다.

명절 때가 되면 봉고 택시가 호황이다. 차 지붕까지 사람을 태운다. 요금도 좌석 위치에 따라 다르다. 운전석 옆이 제일 비싸고, 지붕 위가 가장 싸다. 지붕 위에 서너 명이 올라타고 가는 것을 보면 떨어질까 보는 사람은 조마조마한데 정작 탄 사람들은 고향 가는 설렘인지 마냥 행복해 보였다.

짐이 가득 실린 봉고 택시

고장 난 차를 나무막대기로 연결하여 견인

♣ 우체국

우체국으로 지인이 김을 보내왔다. 외국에서 고생한다고 위문품으로 보낸 것이다.

프놈펜 우체국에서 찾아가라고 연락이 왔다. 창구에서 물으니 다른 창구로 가보라 했다. 창구가 수십 개인데 서로 뺑뺑이를 돌렸다. 나중에 지쳐서 포기하려고 마음먹고 마지막으로 처음 물어보았던 창구로 다시 갔다.

그러자 저기서 찾아가라고 제대로 알려주었다. 미안한 기색도 없었다.

우리가 분명히 한 시간 전에 와서 물었고, 그날은 사람도 그리 붐비지 않아 우리가 여기저기 다니는 것을 보았을 텐데 너무 얄미웠다.

그러나 이런 미담도 있었다. 옆집에 소포가 배달되었는데 주소가 황당하게도 '캄보디아 캄퐁스프 ×××'라고만 적혀있었다. 캄퐁스프는 우리 관할 주 이름이다.

우편 배달부한테 이름만 가지고 어떻게 찾았냐니까 의기양양하게 한국에서 보냈으니 받는 사람은 당연히 한국 사람일 것이고, 우리 주에 사는 한국 사람은 몇 명 안 되어 수소문해서 이곳 밀림까지 찾아왔다고 했다.

어쨌든 50km나 떨어진 이곳까지 배달해 주니 성의가 고맙다고 치하하고 수고비를 넉넉히 주어 보냈다 한다. 그때는 그렇게 극과 극이었다.

얼마 전 친척 형님이 미국에서 책을 보내왔다. 그때의 악몽을 되새기면서 일전을 각오하고 도착 통지만 오기를 기다렸다. 전번처럼 내가 직접 찾으러 가야 한다고 생각했기 때문이었다.

한 달이 지나도 오지 않았다. 미국에서 보낸 송장을 가지고 우체국에 갔다. 전보다 많이 달라졌다. 창구직원이 송장을 보고 컴퓨터로 확인하더니 아직 캄보디아에 도착하지 않았다고 했다.

그런데 그다음 날 교회로 책이 바로 배달되었다. 농장까지는 소포가 오지 않을까 봐 받을 주소를 프놈펜 시내가 주소인 교회로 했기 때문이다.

♣ 택배

프놈펜에서는 한국인 마트를 중심으로 물건 배달이 익숙해 보였다. 그리고 필요한 물건을 한국에서 가져올 때도 전문 업체들이 여럿이 있고 절차도 그리 복잡하지 않은 것 같았다.

처음 봉제공장에 일할 때 수출물품을 선적하고 선적 서류를 본사로 보내야 돈을 찾는데, 그때는 서류나 샘플을 전문으로 보내는 업체가 없어 인편으로 직접 서류를 보내야 했다.

그래서 서류를 준비하면서 오늘이나 내일 한국 가는 사람을 찾아 부탁하는 일이 중요한 일이 되어버렸다. 어떤 때는 사람을 못 찾으면 직접 공항 출국장에 나가 안면 있는 사람을 찾거나 낯선 사람에게라도 부탁을 해야 했다.

최근 차를 타고 가다가 D. H. L 간판을 보고 옛날 생각을 하니 쓴웃음이 났다.

도시와 지방 간에 택배가 근래 보이기 시작했다.

주체는 누군지 몰라도 보낼 물건을 가지고 가서 어느 곳 누구한테 보내라 하면 받는 사람한테 가까운 자기 지점을 알려주고 거기서 찾으라 한다.

아직은 Door to Door 서비스는 안 되어도 직접 프놈펜까지 가지 않아도 되니 편리하다.

건강, 병원

외국에서 별안간 응급 상황이 발생하면 어떻게 할까?

프놈펜은 다행히 대처할 방법이 있다. 태국계 병원이 항상 응급실을 운영하고 있고, 프랑스가 지어 준 이 나라 최고 수준의 병원도 있다. 특히 이제는 한국에도 알려진 우리나라 헤브론 선교병원이 있어 그나마 지방보다 골든타임을 놓칠 염려가 적은 것 같다.

그러나 지방은 의료지원이 열악하다. 그래도 시설이 좀 좋은 도립병원조차도 응급실을 찾으면 프놈펜에 가서 치료받으라고 권한다. 다행히 얼마 전 고속도로가 개통되어 프놈펜 접근이 더 용이해졌다.

농장에서 읍내로 나가면 약국과 개인 병원이 있는데 현지인들은 그곳을 이용하고 대부분 낫는다. 그런데 가끔 황당한 일도 있다.

간단한 병은 이렇게 치료하는데 중병은 사뭇 다르다.

본인이 중증이다 싶으면 지역의 주술인을 찾아간다. 그리고 처방을 받는다.

우리가 보기에는 어이없는 민간요법이지만 환자는 전적으로 신뢰하며 따르다 결국 목숨을 잃는다. 아무리 설득을 해도 안 되어 보고만 있을 수밖에 없었다.

또 간단한 두통이나 통증은 마사지로 치료하는데, 간단한 도구로 이마나 등을 긁는다. 너무 심하게 긁어서 이마가 퍼렇게 되고 팔이나 목이 피멍이 들 때까지 계속한다.

그러고는 멀쩡하게 낫는다.

이곳에 있으면서 제일 우려한 게 말라리아와 뎅기열 감염이다. 처음 캄보디아에 오는 해에 한국분이 말라리아에 감염되어 희생되었다고 모두들 조심하는 분위기라 초기에는 부지런히 말라리아 예방약을 먹고 조심하였더니 다행히 지금까지 무사하다.

한국에 다녀올 때마다 비상약을 준비하여 일꾼들이 아플 때 나누어 주어 우리 집은 한동안 약국이 되었고, 한국에서 의료팀이 봉사 활동하러 오면 우리 집이 진료소가 되어 동네 사람들을 치료하기도 했다.

얼마 전 한국에서 유명한 연예인이 이곳에서 거주하다 의료 사고로 희생되었다 한다.

이런 일은 처음인 것 같다.

# 전기,
수도

캄보디아 전체를 놓고 보면 마시는 물의 수질이 좋지 않다. 물에 석회질이 있어서다.

그래서 그런지 차를 타고 가다 보면 집집마다 둥그런 시멘트로 만든 물 항아리가 보이는데, 이는 비가 오면 빗물을 받아서 식수나 생활용수로 쓰려는 것이다.

또 우리나라를 비롯하여 많은 해외 원조 단체에서 우물 파주기 운동을 하는 것도 식수 부족을 해결해 주려는 것이다.

우리도 알아보니 인근 지역에는 우물을 파도 지하수가 없다고 했다.

물이 나오지 않을까 불안한 마음으로 집을 짓기 전에 우물을 팠다. 관정하는 사람들이 와서 보고 물이 나올 가능성 있으면 파고 그렇지 않으면 파질 않는다. 왜냐하면, 물이 안 나오면 돈을 못 받기 때문이다. 또 최소 50m 이상 파야 하고, 100m 이상은 자기들 관정 기계로는 팔 수가 없다.

관정을 하다가 중간에 암반이 나와서 암반을 뚫고 나오는 물이 제일 좋다고 한다.

다행히 한 번에 성공했다.

수질도 캄보디아에는 보기 드문 최고의 수질로 저수량도 풍부한지 지금까지도 물 걱정 없이 살고 있다. 수질검사를 해보니 마실 물로 적합하고 달리 정수할 필요가 없다고 했다.

심술만 부리던 밀림이 우리에게 뜻밖에 좋은 선물을 주었다.

전기 사정은 처음에는 열악했다. 지금은 다소 개선이 되었으나 여전히 정전이 잦아 불편하다. 캄보디아 전체가 그러니 어쩔 수 없는 노릇이다. 그래서 프놈펜 대부분 호텔이나 주요 시설들은 발전기를 비상용으로 비치하고 있다. 그래서 발전기를 팔거나 임대하는 사람이 많다.

농장에도 처음에는 발전기를 썼다. 기름을 아끼느라 저녁에 두 시간만 가동하였는데 그 시간 동안 전화기를 충전하고 우물물을 퍼 올려서 물탱크에 저장하곤 하였다.

한참 후 공용 전기가 들어 왔다. 설치 비용은 사용자 부담이다. 본선에서 집까지 오는 전봇대랑 전선과 변압기 등 만만찮은 금액이었지만, 돈을 쓰고 나니 늘그막에 문명의 혜택을 맛볼 수 있었다.

항상 전기가 있으니 생활 패턴도 달라졌다. 어느 분이 한국으로 귀국하면서 주고 간 냉장고가 가동되었다. 교민 체육 대회 때 경품으로 받아서 대기하고 있던 세탁기가 옷을 빨기 시작했다. 선풍기가 돌았다. 최근에는 에어컨의 호사도 누리고 있다.

사실 공용 전기라 해도 개인이 운영한다. 전기회사에서 전기를 사서 개인한테 파는 일이다. 전기료는 정부 방침에 따라 적게 쓰면 단가가 싸고 일정 한도를 넘으면 비싸다. 전체적으로 전기료는 한국보다 비싸다. 전기료를 내지 않으면 예고 없이 끊어버린다. 그리고 돈을 내면 바로 연결해 준다.

공용 전기가 들어오면 행복할 것 같지만, 반드시 그렇지는 않은 것 같다. 사람의 마음이 간사하다고 하는데 그래서 그런지 전기가 있으므로 생기는 불편함이 생겼다.

예고 없이 정전되고 언제 다시 들어온다는 통지도 없다. 답답해서 전기회사에 전화를 걸면 받지 않는다. 멀쩡한 시간에 느닷없이 깜깜해지고 플래시 찾고 초 찾고 하다 보면 다시 들어온다. 언제 정전될지 몰라 휴대폰 배터리 표시를 수시로 보고 넉넉하게 충전해 놓아야 안심이 된다.

이럴 때는 서울이 그립다.

전기가 없을 때는 그런 생각이 없있는데 전기로부터 오는 소소한 불편이 생기자 한 번만 정전되어도 뉴스거리가 되는 등 야단법석인 서울이 그리운 것이다.

휴대폰,
인터넷

　이곳에도 휴대폰 사용이 보편화되었다. 전화 가입도 휴대폰 가게서 본인 확인만 하면 되고, 외국인은 현지인이 자기 이름을 빌려준다.

　통신사가 난립되다 보니 전화번호도 다양하다. 전화 가게서 자기가 원하는 통신사를 선택하고 전화번호를 고른다. 전화번호는 그냥 주기도 하고, 좋은 번호는 돈 주고 사야 하는데 자기들 나름대로 가격이 정해져 있다. 중국인이 대거 유입되면서 그들이 선호하는 9나 8이 많이 들어간 전화번호는 수백 달러를 상회한다.

　전화사용은 후불제가 아니고 우리나라 교통카드처럼 금액이 표시된 전화 카드를 산다. 카드에 표시된 금액이 소진되면 전화는 자동으로 예고 없이 끊어진다. 전화카드는 1불에서부터 금액이 다양하다.

　전화카드를 사서 거기에 적힌 번호를 입력하면 개통된다. 외국인이 이곳을 떠나서 장기 체류하게 되면 3개월에 한 번씩 최소 1불을 넣어야 그 번호가 유지된다. 만약 3개월 안에 돈을 넣지 않으면 가입이 취소되고 만약 그 번호가 좋은 번호라면 이를 노리는 사람들의 사냥감이 된다.

인터넷은 Wi-fi와 모바일이 있는데, 모바일은 월 요금이 10불 내외고 무제한 사용이 가능하다. 와이파이는 별도로 비용을 주고 설치해야 하는데, 지방은 설치하더라도 원활하게 사용하지 못한다. 일꾼들도 이제는 모두 전화기를 가지고 있다.

처음에는 일하다가도 전화가 오면 일손을 놓고 통화를 한다. 다른 일꾼들도 기다렸다는 듯이 일을 멈추고 다 같이 통화소리를 듣는다. 그렇게 되니 자동으로 휴식시간이 되어버린다.

일하다 중단되니 열불이 나지만 참는다. 그런데 의외로 해결책이 저절로 나왔다.

전화카드가 1불부터 시작하는데 처음 살 때는 5불 정도 넣다가 나중에는 대부분 1불짜리를 사다 보니 통화가 길면 요금이 소진되어 자동으로 끊어져 버린다. 물론 전화를 건 상대방도 다를 바 없는 같은 처지일 것이다. 그리 중요한 일도 아닌 것을 가지고 통화를 길게 하다 보면 전화기가 돈 먹는 하마가 되어 버린 것을 깨닫게 되었다.

그래서 그런지 요즈음은 비 오면 물이 들어갈까 비닐로 정성스럽게 싸서 애지중지하던 전화기도 천덕꾸러기가 되었는지 갖고 다니지 않는 일꾼도 많다.

이 나라의 통신 환경은 아직까지 불편하기 짝이 없다. 휴대전화도 사각지대가 많고, 인터넷도 하다가 끊어지고를 반복하여 짜증을 유발한다.

설비가 노후하고 신규 투자를 하지 않아서 그렇다 한다.

은행,
환전, 송금

🍀 은행

외국인이 은행과 거래하려면 약간의 서류가 필요하나 그것 때문에 통장을 못 만드는 경우는 없다. 처음 이곳에 왔을 때는 은행이 별로 많지 않았다. 마침 우리나라에서 투자한 은행이 있었고, 행장을 비롯하여 한국 직원들도 있어 불편함이 없었다.

한번은 외국계 은행에 일이 있어 가보았는데 그 은행은 신용이 있고 안전하다고 소문이 났는지 외국 사람들이 한 줄로 길게 늘어서 차례를 기다리고 있었다. 나는 내 차례가 언제 올지 몰라 바쁜 일이 있어 되돌아 왔다. 그런데 그때의 은행의 모습이 지금 생각해도 가관이었다. 아마 그때가 캄보디아 은행들이 재무 구조가 취약하여 예금자들이 불안했던 시기였던 모양이다.

은행 창구가 높고 유리로 칸막이하였는데 그 안에서 일하는 직원은 표정들이 마치 어떤 말 뼈다귀가 감히 우리 은행에 예금하러 오느냐 듯이 손님을 째려보고, 손님은 예금자의 당당함보다는 '혹시 제 예금을 받아주실 수 있나요?' 하듯이 조심스럽고 긴장된 모습들이 마치 시험 치는 학생처럼 보였다. 손님과 바로 마주 보면서 친절하고 상냥하게 대하는 한국의 은행 풍경과 사뭇 달라 지금도 그 모습들이 눈에 선하면서 쓴웃음을 짓게 한다.

지금은 이곳도 한국계 은행이 많이 진출해 있고, 은행의 설립 요건도 강화되어 금융 위험은 많이 줄었다고 한다. 여기의 금리는 한국보다 높다 대출 이자는 한때 16%까지 간다고 하고 예금 금리는 5~6%라 한다.

♣ 환전

이곳은 또 미국 달러와 현지 화폐를 겸용하여 사용한다. 주로 토지나 건물 또는 고가품은 거의 달러로 거래한다. 그러나 소액 거래는 현지 화폐인 '리엘'을 쓴다. 따라서 자잘한 물건을 사거나 급료를 줄 때는 리엘이 필요한데 주로 환전상에서 환전하게 된다. 환전상은 대개 밀집되어 있는데 환전상마다 조금씩 환전율이 다르다. 아주 엉뚱하게 환율이 낮은 곳도 있는데 아마 멍청한 외국인을 노리는 것 같다.

환전 수수료는 프놈펜이 높고 지방을 갈수록 낮아지는데, 옛날보다는 격차가 많이 줄어드는 것 같다.

소액 거래를 할 때 달러를 쓰는 것과 리엘을 쓰는 것 중 어느 것이 유리한가를 가끔 생각하게 되는데 가급적 두 가지 돈을 다 가지고 있다가 파는 가격이 달러로 표시되어 있으면 달러로 주고, 리엘로 되어 있으면 현지 화폐 리엘로 주면 된다. 만약 리엘로 표시된 가격을 미국 달러로 주게 되면 환전 수수료보다 적게 계산하고, 달러는 반대다.

금액으로 따지면 얼마 안 되지만 얄팍한 상술에 마음이 상할 때가 있다. 그러니까 귀찮아서 달러만 항상 가지고 다닌다면 리엘화로 표시된 물건을 살 때는 언제나 손해 본다고 생각하면 된다.

환전상 간판

♣ 간단한 송금

아직 은행 이용이 익숙하지 않고 인터넷 뱅킹이 일상화되지 않는 이곳에서 틈새시장을 파고든 게 간이 송금상인 것 같다.

적은 금액을 주고받을 때 아주 간편하고 아직까지 별다른 사고가 없는 모양이다.

한 번 송금할 때 천 불까지만 가능하다. 송금하는 방법은 송금상에게 송금할 돈과 받을 사람 전화번호만 주면 영수증을 준다. 그러면 영수증에 적혀있는 비밀번호만 받는 사람에게 알려주면 받는 사람은 자기한테 가까운 지점에 가서 찾으면 된다. 지점은 복권 파는 점포마냥 주변에 많이 있어 편리하다. 수수료는 1.5불 정도다.

주거
환경

캄보디아 농촌의 집은 어떨까?

처음 농장을 개간하게 되면 먼저 중장비 기사와 정비사가 밀림으로 들어온다. 그들은 장비를 지켜야 하기 때문에 밀림에서 야영을 한다. 야생동물의 위협이 있을 때는 장비 안에서 자지만, 보통 해먹을 나무와 나무 사이에 걸고 잠을 잔다.

개간하는 일꾼과 농사짓는 일꾼이 들어오기 시작하자 내심 숙식이 걱정되었다. 그러나 그것은 기우에 지나지 않았다.

그들은 스스로 인근 숲에서 나무를 베고 풀을 엮어 움막을 만들었다. 식사는 냄비 하나로

일꾼들이 사는 집

해결되었다.

시간이 지나고 붙박이 일꾼이 필요하자 그때야 집다운 집을 짓게 되었다. 그러나 여전히 움막 수준을 벗어나지 못하였다. 인근 숲에서 더 큰 나무를 베어 기둥으로 삼고, 용도에 맞는 나무를 잘라 마루나 서까래를 엮었다.

그때쯤 도로를 중심으로 민가가 들어오기 시작했는데, 집 모양은 조금 발전된 모습이었다. 지붕은 양철지붕으로 또 벽은 나무판자를 사용하였다.

우리 세 사람은 처음에는 안전을 위하여 인근 도시에 집을 빌려서 출·퇴근했다.

어차피 농사를 지으려면 살 집이 농장 안에 있어야 했다.

우리는 어떤 집을 지을까 매일 의논하고 시간 나는 대로 현지인이 지은 집을 보러 다녔다. 일부러 보러 다닌 게 아니라 차를 타고 가다가 보기 좋으면 차에서 내려서 구경했다.

처음에는 나무 집을 생각했다. 그때는 목재값이 싸서 좋은 나무를

우리 집

써도 벽돌집보다 돈이 적게 들것 같았다. 그러나 막상 지으려 하니 살기에는 불편할 것 같았다. 개미나 벌레도 문제가 되었고 또 누가 부수고 들어 올 것만 같았다. 그리고 이미 지은 집을 보니 그리 마음에 드는 집이 없었고, 비싸게 지은 집도 어쩐지 돈 치레만 하는 것 같았다.

우리는 비용이 더 들더라도 시멘트 벽돌집을 짓기로 하고, 설계는 전문 설계사 못지않은 리더가 각자 취향대로 설계해 주었다. 그는 이미 서울에서 자기 집을 지어본 경험이 한두 번 있었다.

건축은 마침 세 들어 있는 집 주인이 러시아에서 건축을 공부하고 온 건축가여서 우리 집을 지어주기로 했다.

집 구조는 한국식 구조로 했다. 여기서는 집을 어느 방향으로 짓느냐는 사시사철 더운 나라여서 그런지 그리 중요시하지 않았다. 다만 열대 지방임을 감안하여 지열을 줄이고 보안을 위하여 집 바닥을 1미터 높게 하여 사람들이 밖에서 안을 들여다보기 힘들게 하였다. 그러니 쥐나 벌레들도 쉽게 들어오지 못하는 효과도 있었다. 집을 짓고 나니 방문하는 사람들이 보고 예쁘고 편리하다고 칭찬하였다.

요즈음 들어서 형편이 좋아지니 인근 농가 주택도 서로가 거의 같은 수준으로 지어졌다. 보통 2층 구조인데 기둥과 바닥은 시멘트이고 벽과 지붕은 나무와 양철을 사용하였고 계단은 밖으로 나오는 절충식 집이다. 아래층에서 주로 생활하고 잠은 이층에서 자는 등 자기들 나름대로 편리한 구조인 듯했다.

여기 사람들은 자기 집을 지으면 꼭 집들이 잔치를 하는데 우리보다 더 거창하게 한다.

누군가 캄보디아 농촌의 위생 상태를 말하는 것을 들었다. 대부분 화장실이 없어 사람과 가축의 분변이 제대로 처리가 안 되어 위생이 말이 아니라고 개탄하였다.

나도 이상하게 생각하였다. 일꾼들 집에 화장실이 없는 것이다. 그런데 주변이 더럽지도 않았고, 그 사람 주장대로 비위생적인 것을 찾아보기도 힘들었다.

그 사람은 그저 자기 상상대로 말 한 것 같았다.

누구는 이렇게 설명하였는데 일리가 있어 보였다. 사람 것은 개가 먹고 개는 다른 데 가서 볼일 보니 주변이 깨끗하다는 것이다. 이것은 일종의 먹이사슬 이론이다.

또 누구는 이렇게 말하였다. 이 말도 일리가 있어 보였다. 사람이나 짐승이 배변하면 강렬한 햇빛 아래 금방 타거나 개미나 벌레들이 집중 공략하여 몇 시간이면 흔적도 없다는 것이다. 이건 환경론자들의 이론이다.

신변
안전

우리기 땅을 계약하고 개간을 시작할 무렵이었다.

4번 국도 대로변에 접한 농장이 있었는데 농장 주인은 정부 고위 공무원이고, 그 동생이 농장을 관리하고 있었다. 어느 날 강도들이 관리인을 납치하고 돈을 요구하던 중 어이없게도 묶여있던 곳에 불이 나서 관리인이 타 죽은 사건이 있었다.

우리가 밀림에서 일을 하는데 그 공무원이 일부러 찾아와 자신의 안전은 자신이 책임져야 한다고 부디 조심할 것을 간곡히 충고하고 갔다. 그러던 중 하루는 이 지역을 관할하는 군 부대에서 누가 우리를 납치하려는 음모를 꾸미고 있으니 각별히 조심하라고 경고를 해주었다. 그래서 우리는 가급적 셋이 같이 다니면서 될 수 있는 대로 일꾼들과 같이 있고 조심했다. 그리고 군 사령부를 방문하고 신변 안전에 협조를 부탁했다.

다행히 사령관의 호의로 현역 무장 군인 두 명이 파견되었다. 그리고 얼마 안 되어 3명을 추가 지원받아 세 사람 각자 경호를 담당하게 되었다. 그 당시에는 외국인 투자를 유치하기 위하여 정부 차원에서 외국인 신변에 각별히 관심을 가지고 있었던 때라 사령관 재량으로 민간인에게도 군인을 지원할 수 있었다.

큰길에서 농장까지 진입 도로는 나무들이 우거져 주변 시야가 좋지 않았다. 그래서 우리는 외출했다가 돌아올 때는 경비원을 대로 입구에 대기시켰다가 에스코트하게 하였다. 물론 이상이 있으면 차는 서지 않고 무조건 달리고 경호원은 지체 없이 실탄을 발사토록 사전 교육이 되어있었다. 그리고 정문 초소에는 각자 경호원이 우리가 도착할 때까지 비상 대기하도록 지시했다. 그 후 정부에서 민간에게 지원한 병력은 모두 철수하라는 명령이 내려와서 부득이 철수하였다.

언젠가 우리 농장을 개간하는 분이 한국 분이었는데 잠깐 어디로 가다가 숲에서 무장 강도 세 명을 만났다. 현지인과 같은 헐렁한 옷에 슬리퍼를 신고 지갑도 없이 담배와 라이터만 있었다. 몸을 뒤져도 돈이 없자 한국 사람이 돈도 안 가지고 다닌다며 불평하고 가라고 했다. 안도하고 몇 걸음 가는데 다시 불러 세웠다. 이젠 죽었구나 싶었는데 담배 한 대 달라고 해서 담배를 통채로 주었다.

지금 생각하면 아 옛날이구나 하지만 그때는 그만큼 긴장되고 절박한 상황이었다.

 # 농기구

♣ 트랙터

농장에서 가장 필요한 장비다. 농지를 개간할 때 마지막으로 트랙터 갈기로 마무리한다.

트랙터는 잡초를 갈아엎거나 베는 데 사용하고, 큰 물건을 나를 때 유용하다. 심지어는 수렁에 빠진 장비나 도구들을 끌어내는 데도 요긴한 장비다.

트랙터 사기

농장 초기에는 중고 거래가 대부분이었다. 새 트랙터는 가격이 비싸 엄두도 내지 못하였다. 중고 트랙터 대부분은 일제고, 포드나 마세이는 물론 심지어는 러시아제도 있었다.

주로 파는 곳은 프놈펜 시내에 어느 지역에 밀집되어 있다. 최근에는 태국에서 생산된 일본제나 유명 브랜드 트랙터가 지방에도 매장을 내고 전시·판매하고 있다.

벼농사에는 50마력 정도가 좋다고 하나 망고농장에는 80마력 정도가 적당하다.

트랙터 수리

험한 일을 하다 보니 크고 작은 문제가 생긴다. 제일 자주 일어나는 문제는 부속이 마모되거나 부러지는 잔 고장이다. 이럴 경우 순정 부품을 쓰기보다 수리점에서 새로 직접 만들거나 다른 장비 것으로 대체하는 것이 편하고 빠르다. 그러다 보면 어느덧 일제 트랙터가 정체불명의 만국 트랙터가 되어버린다.

♣ 굴착기

굴착기는 연못을 팔 때나 둑이나 도로 수리나 물길을 낼 때 등에 요긴하게 쓰인다. 트랙터와 서로 보완되는 역할을 한다. 농장에서는 1톤 미만 소형이 유용하다.

♣ 경운기

물을 주거나 약을 뿌릴 때, 망고를 수확할 때나 물건을 운반할 때 유용하다. 또 일꾼들 출·퇴근용으로도 쓰인다. 길이 없는 망고나무 사이를 휘젓고 다니기가 편하다. 너무 까불다 진흙에 빠지면 트랙터 도움으로 빠져나오기도 한다.

엔진만 사서 몸체는 자체 조달하는 방법도 있고, 전체를 세트로 사기도 한다.

♣ 트럭

트럭 번호판에 쓴 글이 애교가 있다

농장에 꼭 필요할 것 같으나 사실 큰 용도가 없다. 물건을 나를 때는 트랙터나 경운기를 이용하기 때문이다.

사실 꼭 필요한 건 덤프트럭이다. 도로 수리하는 데 참 요긴한데 중고라도 가격이 비싸 필요할 때 임대하여 쓰고 있다.

♣ 괭이

짭

　여기서는 '짭'이라 하는데 일꾼들이 매일 들고나오는 도구다. 우리나라 괭이와 비슷하다. 땅을 파거나 고르는 데 또는 나무를 심거나 무엇을 부수거나 박는 데 쓰는 만능 도구다. 철물점에서 팔기도 하고 동네 대장장이한테 직접 만들기도 한다. 풀을 벨 때는 끝을 날카롭게 갈기도 한다. 한참 사용하다 보면 점점 닳는다.

♣ 정글도

　여기서는 '껌밧'이라 하는데, 정글도란 말은 내가 붙인 이름이다. 우리나라 낫보다는 비교가 되지 않을 정도로 길고 무겁다. 싸움이 났을 때는 흉기로 변하고, 야생짐승을 잡을 때도 쓴다. 현지인들은 정글에 들어갈 때는 꼭 호신용으로 휴대하고 간다.

동네 대장간에서 맞추기도 하고 시장에서 사기도 하는데, 좋은 재료로 만든 것은 비싸다.

정글도

♣ 도끼

여기서는 '부타우'라고 하는데 나무 집을 지을 때와 나무일을 할 때 꼭 필요한 도구다. 물건을 만들 때나 수리할 때도 쓰는데 망치와 못뽑이 역할을 겸한다. 노련한 일꾼이 못을 도끼로 뽑는 것을 보면 참으로 환상적이다. 깊게 박힌 못이라도 생각보다 쉽게 빨리 뽑아버린다. 어떤 때는 작게 만들어 허리에 차고 다니는 호신용으로도 쓴다.

짭, 껌밧, 부타우는 농사짓는 연장의 삼총사라 할 수 있다.

♣ 찍

우리나라에는 없는 것 같다. 쇠 파이프를 1m 정도 잘라 끝부분을 찢어 땅을 파게 만든 도구다. 쇠 파이프라 약간 무겁다.

나무 집을 지을 때 기둥을 사이즈에 맞게 구덩이를 팔 때나 경계선 작업을 할 때, 경계목 심을 구덩이를 팔 때 유용하다. 여기 땅은 돌이나 자갈이 없기 때문에 이 도구를 이용하면 깨끗하게 낭비 없이 구멍을 만들 수 있다.

찍

농자재, 생필품

♣ 농자재

필요한 농자재를 골고루 구색을 갖추어 파는 데는 없다.

대부분 몇 가지만 팔기 때문에 한곳에서 다 살 수 없어 여러 곳을 다니면서 다리품을 팔아야 한다. 그러니까 무엇은 어디 가서 사야 하고 무엇은 어디에 있다는 식이다.

기계 부속도 마찬가지다.

엔진 수리는 어디서 하고 베어링은 어디 가야 종류별로 다 있다는 등 옛날 우리나라 청계천 상가같이 같은 업종이 밀집되어 있는 곳으로 가서 집집마다 돌면서 살 때도 있고, 멀리 떨어져 있는 전문 가게에 가서 살 때도 있다.

이제 오래되다 보니 웬만한 기계나 부속 파는 집을 알고, 필요하면 쉽게 살 수 있게 되었다. 그렇게 되기까지 얼마나 많이 귀동냥하고 찾아다녔는지 모른다.

♣ 생필품 사기

우리나라도 옛날에는 재래시장에서 에누리가 일상화되어 있었다.

시장가서 흥정하는 것이 사람 사는 맛이 나는 것 같아 자연스럽게 받아드리지만, 사실 이런 문화는 서로 실랑이를 하다 보면 파는 사람이나 사는 사람이나 불편하고 피곤하다.

봉제공장에서 일할 때 사무용 가구를 사려고 시내 가구점을 갔는데 전부 계산하니 2,503불이었다. 그 당시로는 큰 금액이었다. 가격표가 붙어있는 것도 아니고 자기가 부른 대로 합한 금액인데도 판매원은 3불도 마저 달라 했다. 내가 3불은 깎자니까 안 된다고 했다. 순간적으로 종업원의 고지식함이 이 가게를 망치는구나 싶어 안타까웠다.

중앙시장은 프놈펜을 대표하는 재래시장이다. 규모도 크고 외국인도 많이 출입하다 보니 자연히 가격을 높게 부르고 깎는 게 일상화가 되었다. 반면 소규모 재래시장과 지방은 부르는 게 값이고 깎아주지 않는다.

신기하게도 옆집도 가격이 같다.

그리고 단골이 없는 것 같다.

값이 같으니 단골이고 뭐고 물건만 보고 사는 것이다.

그러다 보니 이 나라 사람들은 돈이 있으면 사고 없으면 사지 않는 단순한 사고가 자리 잡고 있는 것 같았다.

재미있는 일이 있었다.

학교 아이들에게 공책을 주려고 시장 안 문구점에 갔는데 전에 사던 가격하고 달라서 옆집으로 갔다. 그런데 파는 사람 얼굴이 비슷했다. 그래서 "저 집하고 같은 집이냐?"라고 물으니 거기는 자기 언니 가게라 했다. 그러면서 저 옆에는 자기 동생 가게라 했다.

시장 안에 문방구가 전부 3곳인데 세 자매가 꽉 잡고 있었다. 우리나라는 돈을 벌면 가게를 확장하는데, 여기는 점포 수를 늘리는 것이다. 부디 자매끼리 싸우지 말고 사이좋게 돈을 벌었으면 좋겠다고 생각했다.

또 시장에서 저울에 달아서 파는 물건은 이상하게 프놈펜이나 시골이나 가격이 같았다. 나중에 알고 보니 저울이 틀렸다. 값은 같은데 프놈펜이 1kg이면 중간 도시는 980g이고, 시골은 950g이었다.

여기 생활이 익숙해지기 전까지는 시장에 가서 우리식대로 생각하다 황당한 일을 여러 번 당하고 나서야 이 니라 문화를 이해하게 되었다.

야생동물, 해충

♣ 코끼리 소동

건기가 절정일 때면 길 건너 기리룸 국립공원 쪽에서 대포 소리가 가끔씩 들렸다. 알고 보니 코끼리떼를 쫓으려고 풍선을 터트리는 소리였다.

야생 코끼리들이 건기 때 먹이가 부족하면 먹이를 찾아 농장까지 내려온다. 이들은 가족 단위로 무리를 지어 다니며 울타리를 훼손하고 때로는 사람을 공격하기도 한다.

이놈들은 특히 어린 코코넛 나무를 좋아하는데, 갓 심어놓았거나 이제 뿌리를 내려 자라려는 것들을 사정없이 파헤쳐버린다.

코끼리는 국가에서 엄격하게 보호하는 동물이라 함부로 할 수 없어 동물보호단체에 대책을 호소하면 그들도 예산이 없다 하며 기껏 풍선이나 터뜨려 쫓으라고 한다.

근래에는 풍선 터트리는 소리가 들리지 않는다.

소리가 듣기 싫어 다른 데로 갔는지 아니면 새로운 신천지를 개척했는지는 모르지만, 어디서든지 부디 잘 지냈으면 한다.

♣ 호랑이 사냥

처음 밀림을 개간할 때 호랑이가 출몰하였다.

야영하던 중장비 기사가 아침에 일어나다 어슬렁거리는 호랑이를 보고 기겁하였다고 한다.

이름 모를 야생동물 발자국

우리 집 바로 앞길 옆에서 아침에 호랑이 새끼를 봤다는 일꾼도 있었다. 또 호랑이 발자국도 발견되었다. 그러자 우리 일을 도와주고 있던 현지인이 사냥을 잘하는데 호랑이 사냥을 하자고 제안했다. 그믐날이 사냥하기가 제일 좋은데 내일이 그믐이고 호랑이가 나타나는 지점을 대충 알아두었다고 했다. 호기심은 있었지만, 농사를 지으러 왔다 호랑이 사냥을 하다니 황당하기도 해서 나는 겁이 나서 못 하겠다고 했다. 옆집 친구는 나보다 용감한지 선뜻 승낙하는 것 같았는데 결국 가지 않았다.

다음 날 호랑이를 잡았느냐니까 쏘고 맞추기까지 하였는데 이놈이 맞고 멀리 도망쳐 버렸다고 한다. 믿어야 할지?

그의 설명에 따르면 호랑이는 한 방에 명중하여 즉사시켜야지 다치게만 하면 수십 ㎞를 도망가서 죽기 때문에 남 좋은 일만 시킨다는 것이다.

그럴 수도 있다는 생각이 들었다. 그때는 호랑이 사냥을 하면 가죽 값이 천 불이나 되어 기를 쓰고 잡으려 하던 시기였다.

호랑이 무릎뼈를 한약방에서는 호골이라 하여 관절염에 특효약이다. 희귀하여 엄청 비싸고 구하기도 힘든데 여기서도 그걸 알았다면 호랑이가 더 일찍 사라졌을 것이라 생각하니까 어쩐지 씁쓸하였다.

프놈펜에 있을 때 자주 가는 식당이 있었는데 하루는 주인이 나를 주방으로 데리고 들어가서 시뻘건 고기 뭉치를 보이며 호랑이 고기인데 어렵게 구했다고 먹겠느냐고 생색을 내며 권하였다. 나는 문명인답게 손사래를 치며 어찌 이런 고기를 먹겠느냐고 단호히 거절하였다. 지금 생각하면 맛이라도 볼 걸 하는 아쉬움이 있다.

♣ 곰과 웅담

밀림을 개간하던 초기에 가끔 곰이 잡히는 것 같았다.

한번은 동네 사냥꾼이 곰을 잡았는데 사겠느냐고 하기에 보러 갔다. 죽어있었는데 만약 사겠다면 그 자리에서 배를 갈라 웅담을 빼낸다는 것이다. 하도 웅담이 가짜가 많으니 사실이 방법만큼 확실한 게 있겠는가 싶었다.

웅담은 진짜와 가짜 구별이 어렵다.

특히 멧돼지 쓸개와 웅담은 전문가도 구분이 힘들 정도다.

웅담을 채취한 후 곰의 몸체는 거의 값이 나가지 않는다.

누구는 최고 요리가 곰 발바닥이라 하는데 실제 곰 발바닥을 보면 그 생긴 모양에 기절초풍할 것이다.

웅담의 효과에 대하여는 주변에서 복용한 분들의 체험담을 보면 그 효과는 의심의 여지가 없고 아래 설명을 보면 더 수긍이 갈 것 같다.

곰이 제일 좋아하는 게 꿀이다.

꿀은 큰 나무 꼭대기에 있다.

일찍이 곰이 자기들 꿀을 좋아하는 걸 아는 벌들은 곰이 올라오지 못할 정도로 높이 벌집을 만든다. 여기서 곰이 벌집을 보고 너무 높이 있다고 따는 것을 포기했으면 웅담 신화는 없었을 것이다. 꿀에 대한 유혹에 곰은 높은 나무에 기어오른다.

벌들은 맹렬하게 결사적으로 방어한다.

그러나 이미 예견되었던 공격이라 곰은 꿈쩍도 안 한다. 그러나 전쟁에는 항상 변수가 있는 법이다. 용감한 벌 한 마리가 목숨을 걸고 곰의 취약 지점인 겨드랑 한가운데 일침을 놓는다. 허를 찔린 곰은 아차 하는 순간에 나무에서 떨어져 버린다.

나무에서 떨어진 곰은 잠시 정신을 잃는다.

그사이 곰의 배 속에서는 기절한 주인을 회복시키기 위하여 온갖 장기들이 부지런히 제 몫을 하는데, 그중에서 가장 중심적인 역할을 감당하는 것이 쓸개다.

이미 떨어진 적이 한두 번이 아닌지라 준비된 모든 역량을 동원해서 최대한 신속하게 신체기능을 회복시켜 주인으로 하여금 달콤한 꿀 채취에 다시 도전케 하는 것이다.

도전과 실패를 거듭하는 인고의 과정을 거치면서 쓸개는 웅담으로 다듬어져 세상에서 제일 좋은 약재로 만들어지고 귀하게 대접받으며 많은 사람의 통증을 치료해 주고 있다.

지금도 밀림 한가운데 벌과 곰의 숙명적인 공방전이 펼쳐지고 있다.

나는 누구 편을 들까?

불굴의 도전 정신을 가진 곰도 가상하지만 자기 것을 지키려는 야생 벌들의 몸부림도 안쓰럽다.

야생꿀을 파는 아낙네

♣ 멧돼지 이빨

농장이 조성된 이후에도 가끔 멧돼지 가족들이 출몰하였다.

주로 아직 개간되지 못한 곳에 서식하고 있었는데 다행히 농작물에 피해를 주지는 않았다.

먹이로는 나무뿌리를 캐 먹는데 어린 망고 뿌리보다는 다른 게 더 맛있었나 보다.

어느 날 호랑이 사냥을 같이 가자던 현지인이 무엇을 가지고 왔다. 멧돼지 이빨이라 했다. 이것을 목걸이로 만들어 가지고 있으면 액을 물리친다고 했다.

야생 멧돼지의 엄니를 여기서는 '짜에 깟'이라 하는데 군인들이 전쟁에 나갈 때 부적처럼 목에 걸면 총알을 피할 수 있다 한다.

그가 준 것은 갈라진 이빨 조각이었다.

멧돼지 이빨로 만든 장식품

그러고 보니 프놈펜 기념품 가게에서 이런 종류의 목걸이를 본 적이 있었다. 그의 설명에 따르면 멧돼지는 워낙 후각이 발달되어 2㎞ 밖에서도 사람을 알아보고 피해서 도대체 보지를 못하니 총을 쏠 기회가 없다고 한다. 그래서 사냥하는 방법은 함정을 만들어 거기에 빠지게 하는 방법밖에 없다 한다.

또 설사 멧돼지를 발견했더라도 수멧돼지는 사냥꾼이 아무리 정확하게 조준을 해도 맞추지를 못한다고 한다. 그 이유는 엄니가 요술을 부려 총알을 피하게 한다고 믿는 것이다. 실제 자기도 딱 한 번 수멧돼지를 만나서 틀림없이 쏘았는데 맞추지 못하였다고 하였다. 그래서 군인들이 전쟁터는 물론 평시에도 총알을 피하고 사고를 예방하기 위하여 부적으로 쓴다는 것이다.

후각이 발달되어 미리 피하기 때문에 도대체 총을 쏠 기회조차 없었다는 말과는 모순되었지만, 군인들에게는 자기를 지켜주는 마스코트임에는 틀림없는 것 같다.

개간하는 동안 국도변에 있는 식당에서 점심을 먹었다. 주로 반찬은 돼지고기였는데, 먹으면서 양념을 많이 사용했다 생각을 했다. 나중에 알고 보니 멧돼지 고기였다. 멧돼지고기 값이 시중 돼지고기 값보다 저렴하기 때문이다.

♣ 천산갑을 먹어보다

우리 농장의 위치가 산의 끝자락이고 평지의 시작인 곳에 있다. 그래서 그런지 비교적 다양한 야생동물들이 분포되어 있다.

천산갑은 갑옷처럼 온몸이 비늘로 싸인 동물인데 약재로 쓰인다.

천산갑

또 멸종위기의 희귀동물로 지정되어 법으로 보호를 받고 있다.

천산갑의 모양은 고슴도치나 로마 군인 투구처럼 꾸부러져 있는데 갑옷처럼 온몸이 비닐로 싸여있다. 서울에서는 한약방에서 박제로 만들어 진열해 놓은 것을 본 적이 있다.

정력제로 한국에서는 구할 수도 없는 전설의 약재인 듯한데, 여기서는 수시로 잡히는 모양이다. 우리 땅을 소개해 주고 개간을 도와주던 분이 있었는데 미국에서 손님이 오면 미리 천산갑을 준비하였다가 대접하는 걸 보았다. 미국에서 아마 일도 보고 몸보신도 하려고 이곳에 오는 것 같았다.

몇 년 전 옆집 친구와 인근에서 망고농장을 크게 하는 현지인을 만날 일이 있었다. 만년 대령인 그는 승진도 은퇴도 하지 않는 팔자 좋은 늙은 군인이었다.

만나자 하니 마침 자기가 친구들과 같이 있으니 합류하자 하였다. 약속 장소에 가보니 또래의 친구들이 맥주를 마시고 있었다. 휴일이라 그런지 모두가 여유롭고 느긋한 모습이었다.

술안주로 여러 가지 고기가 있었는데 한 사람이 접시 하나를 가리키며 좋은 음식인데 먹어보라고 했다. 다시 궁금해서 물어보니 옆에 사람이 손짓으로 그림을 그려 보이는데 영락없는 천산갑이었다. 졸지에 귀한 음식을 대하니 많이 먹고 싶어졌다. 그런데 분위가 그렇지 못하였다.

다들 음식에는 관심이 없고 왁자지껄 수다들을 떠는데 우리만 집중적으로 먹을 수가 없었다. 친구보고 "이거 천산갑이다." 하며 부지런히 먹자고 한국말로 하며 눈치껏 먹었는데 접시가 줄어들지 못하여 얼마나 아쉬웠는지 몰랐다.

♣ 코브라와 맞장 뜨다

사실 코브라와 맞장 뜬 게 아니고 보자마자 놀라 도망친 게 맞는 것 같다.

캄보디아에는 독사 종류가 아홉 가지나 된다고 한다.

지금까지 농장에서 뱀으로 인한 피해는 없었다. 다만 옆집 일꾼의 아이가 무모하게 뱀을 잡으려다 희생당한 안타까운 일은 있었다.

그러나 지내고 보니 뱀은 공격적이 아닌 것을 알게 되었다. 영리한 뱀은 사람을 먼저 발견하고는 조용히 사람이 지나갈 때까지 기다린다.

사람 역시 뱀이 있을 법한 습한 데나 은신할 법한 장소를 피하여 높고 마른 땅이나 넓은 장소로 다니면 서로가 부딪힐 염려가 없다.

독사도 여러 가지 종류가 있음에도 우리는 이름을 일일이 알 수 없다. 그러니 독사를 보면 현지인들은 우리한테는 무조건 코브라라고 말한다.

뱀 중에는 몸이 크고 긴 비단뱀이 있는데 독이 없다. 어쩌다 발견되면 일꾼들이 가지고 놀다가 놓아준다.

독사 중에는 나무에 서식하는 독사가 있는데 특히 피피야에 서식하는 놈은 색깔도 나무처럼 푸르고 길이도 나뭇가지처럼 길어서 뱀인지 나무줄기인지 구분이 어렵다. 주로 벌레를 잡아먹는데 가끔 사람도 공격한다.

이곳 사람들은 대부분 뱀을 먹지 않는다. 그러나 독사는 반드시 죽인다.

구렁이를 잡다

나는 농장을 다닐 때 항상 작대기나 우산을 가지고 다닌다. 다니다가 이상한 것이 보이면 직접 손으로 확인하는 것보다 막대기로 일차 확인하는 게 안전하다고 생각되었기 때문이다.

하루는 어린 망고나무 사이를 지나가는데 나무토막 같은 것이 널브러져 있는데 조금 아리송하여 다시 보려고 몸을 돌리는 순간 코브라가 몸을 발딱 세우면서 공격해 왔다. 공격 자세를 취했는지 공격을 했는지도 분간이 안 되는 순간에 나는 우산을 급히 펴서 앞을 막으면서 뒤로 도망쳤다.

그런데 뛰다 뒤를 돌아보니 이놈이 아직도 따라오지 않는가?

더 열심히 뛰었다.

그때 막대기를 가지고 있었으면 그놈을 때려잡았을까?

뱀은 사람에게는 혐오스러운 존재이나 농장으로서는 피해 주는 일이 없으니 적당히 서로의 위치를 지키면서 공존하는 게 어떨까 싶다.

때로는 쥐를 잡아주니 오히려 도움이 된다고나 할까?

♣ 침팬지 가족의 비극

열대지방이니 당연히 원숭이나 침팬지가 있다.

그러나 워낙 영리한 동물이라 사람 눈에 띄지 않는다.

숨기를 잘하는 이놈들도 치사하게 여자들은 만만하게 보고 여자들이 지나가면 나무 위에서 꽥꽥거리며 위협하곤 한다.

농장 끝자락에 아직도 큰 나무들이 울창하게 있을 때 제일 큰 나무에 침팬지 가족이 살고 있었다. 원숭이보다 큰 몸집인데 검은색이라 금방 눈에 띄는데 이놈들은 원숭이처럼 구태여 몸을 숨기려 하지 않는다.

이곳 사람들이 원숭이 고기를 좋아한다고 해서 혹시나 잡아먹힐까 걱정이 되어 일꾼들에게 근처에 가지 말라고 당부하였다. 그런데 이놈들은 자기들을 보호해 주는 은인을 몰라보고 내가 지나갈 때도 괴성을 지른다. 그런데 어느 날 보이지 않았다.

알아보니 동네 사람이 나무기둥 밑에서 연기를 피워 나무 아래로 내려오게 하여 무게가 제일 많이 나가는 수놈을 잡았다고 한다. 나머지 가족은 수놈이 잡히는 사이에 근처 숲으로 피신하였다 한다.

아마 수놈은 자기도 도망칠 수도 있었는데 가족을 위하여 자신을 희생하지 않았을까?

그때는 침팬지를 잡은 인간이 그렇게 미울 수가 없었다.

♣ 악어 소동

옆집에서 악어를 키워보고 싶다 했다. 평소 모험을 좋아하고 호기심이 많은 분이지만 설마 하겠느냐 싶어 웃어넘겼다.

그러고 얼마 후 진짜 어디서 새끼 두 마리를 구해 연못에 풀어 놓았다. 그곳 연못은 아직 개간이 안 된 울창하고 습한 지역인 데다 울타리도 없고 아무 안전 조치도 하지 않는 상태에서 놓아버려 놀라고 걱정이 되었지만 때는 이미 늦었다.

수년이 지난 후 일꾼 하나가 개울 근처 웅덩이에서 악어 큰 놈을 보았는데 사람을 피해 도망을 쳤다고 했다. 반신반의하면서 모두 주의를 시키고, 특히 어린이들은 근처에도 얼씬거리지 말게 하였다.

나도 근처를 지나게 되면 긴장이 되었다. 마치 악어 큰 놈이 물속에 몸을 감추고 두 눈만 내놓고 먹이를 노리는 것 같았다.

그 후에 다시 보았다는 사람이 없었다.

사람한테 피해 주지 않고 나름대로 적응하며 잘 살았으면 하는 마음이 들었다.

♣ 붉은 개미와의 전쟁

사실 전쟁이라 할 수도 없다. 왜냐하면, 일방적으로 당하기만 하고 당할 때마다 먼저 그 자리를 도망쳤으니까.

유일하게 반격하는 방법은 요놈들이 있는 서식지를 현지인에게 고자질하여 이놈들이 몽땅 잡혀서 프라이팬에 볶이게 하는 방법뿐이었다. 이곳 현지인들은 붉은 개미가 몸에 좋다고 마치 벌떼처럼 뭉쳐있는 놈들을 달랑 들어다 볶아서 먹기 때문이다.

농장을 개간할 때 나무나 풀 사이를 지나가면 붉은 개미의 공격을 받는다. 이곳 사람은 개미라 하지 않고 '끄럼'이라고 하며 개미와 구분한다.

이놈들은 땅으로 기어 다니지 않고 나무에서 사는데, 벌집처럼 덩어리에 뭉쳐 살면서 지나가는 사람을 공격한다. 나무에서 날아와 사람의 목이나 귀를 무는데 침 맞은 것처럼 따끔하나 다행히 가렵지는 않다. 옆에서 다른 사람이 공격당하는 것을 보면 이놈이 온몸이 휘어지도록 꾸부려서 죽자 사자 무는 모습은 물리는 사람보다 보는 사람이 더 끔찍하다.

또 한참 가다가 보면 본인도 모르는 사이에 온몸이 이 개미로 뒤덮일 때가 있다. 그때는 옆에 사람이 먼저 발견하거나 본인이 물리기 시작하면서 알게 되고 한바탕 소동이 벌어지는데 빨리 털어내는 수밖에 없다. 물론 털어내는 동안은 덤으로 몇 방 따끔한 맛을 보아야 한다.

♣ 다양한 개미의 종류

수년 전 어느 분이 동남아지역에서 하도 개미한테 시달려 개미를 없애려고 온갖 방법을 다 써보고는 실패하고 결국 두 손 들고 말았다. 그리고 결론은 개미와의 전쟁보다는 현실을 인정하고 공존하기로 했다는 내용의 글을 본 적이 있다.

이곳도 역시 여러 종류의 개미들이 곳곳에 서식하고 있다.

그중에는 직접 사람한테 이런저런 피해를 주는 놈도 있지만, 사람들에게 피해를 주지 않고 제 방식대로 살아가는 개미도 많다.

개미 중에 제일 악질은 불개미다.

특히 몸집이 작은 불개미는 생김새도 독하게 생기고 설치고 다니는 주변조차도 살벌하다. 물리면 아프고 가렵고 오래간다. 눈으로 금방 식별이 되니 뒤도 돌아보지 말고 피해야 한다.

반대로 물지도 잘 움직이지도 못하는 흰개미가 있는데 여기서는 '쌋'이라고 부른다. 캄보디아말로 '쌋'이란 말은 벌레라는 뜻인데 여러 가지 다른 벌레도 쌋이라 부른다.

이놈이 집 안에 있으면 나무를 소리 없이 갉아먹는다. 습기를 좋아해서 나무나 종이를 갉아 치우는데, 방치하면 집 안이 난장판이 되어버린다.

그래서 이곳 사람들은 나무를 고를 때 꼭 흰개미가 건드리지 못하는 나무를 고른다. 그러니 당연히 비싸다. 비싸니깐 나무를 개미가 먹지 않는 나무라고 속여서 판다.

흰개미는 농작물에도 피해를 준다. 망고나무 중 영양이 부족한 나무를 골라 집중적으로 공격하여 고사시킨다. 빨리 발견하여 살충제를 뿌리든가 나무껍질을 벗기든가 조치를 해야 한다.

♣ 해만 끼치는 쥐

들쥐와 집쥐가 있는데 둘 다 나쁜 짓만 한다.

들쥐는 몸이 커서 어떤 놈은 어린 토끼만 한데 일꾼들의 좋은 간식거리가 된다. 들리는 이야기로는 캄보디아 국경에서는 이놈들을 잡아 베트남으로 수출한다는 말도 있다.

이놈들이 농작물에 주는 피해는 심어놓은 어린 망고나무가 이제 뿌리를 내리고 제법 자랐을 때 밤에 밑동을 싹둑 잘라 쓰러뜨린다. 그것도 제일 싱싱하게 자란 망고나무만 골라서 피해를 주니 자빠진 망고를 볼 때마다 약이 올라 이놈들을 어떻게 잡아 족치나 생각뿐이지 대책이 없다.

집쥐는 자동차나 장비의 전기선을 갉아버려 골치를 썩인다. 고양이를 키우는데 이놈은 게을러서 하루치 자기 식사량인 한 마리만 잡는다. 그나마 그것도 자기 배고플 때만 잡고 그사이 다른 맛있는 게 있으면 싱싱한 먹이가 지나가도 눈감아 버린다.

도대체 주인을 위하여 서비스로 더 잡아줄 생각을 하지 않는다.

♣ 조심만 하면 덜 위험한 모기

여행 지도를 보면 열대지방은 말라리아 위험지역을 표시하고 그 지역을 여행할 때는 모기를 조심하고 예방약을 먹을 것을 권고하고 있다.

우리 농장 지역도 위험지역에 해당된다.

캄보디아에 처음 왔을 때 한국 교수 한 분이 캄보디아 산림자원을 조사하기 위하여 밀림에 들어갔다가 말라리아에 감염되었는데 초기 대응을 잘못하여 어이없게 희생당했다고 주의를 환기시켰다.

그래서 우리도 무척 조심했다. 모기향도 부지런히 피우고 예방약도 꼬박꼬박 먹었다. 그러나 지금까지 지내고 보니 주변에 말라리아 환자도 보이지 않고 말라리아를 옮기는 보통 모기보다 크고 줄이 선명한 타이거 모기도 눈에 띄지 않았다. 사람들이 모기장을 치는 것도 말라리아 감염보다는 물리면 가려운 게 귀찮아서 사용하는 것 같다.

프놈펜에서 가끔 교민들이 말라리아나 뎅기열로 고생하는 것을 보았다. 나중에 이곳 사람들의 말을 들어보면 모기한테 물렸다고 해서 다 걸리는 게 아니고 밀림 속이나 모기가 많은 데시 술을 마시거나 낮잠을 자는 등 장시간 모기한테 노출되어 실컷 물려야 걸린다고 한다.

일리 있는 말이라 생각되었다.

♣ 전갈, 지내, 굼벵이

개간할 때 썩은 나무를 베거나 옮길 때 자주 보인다. 모두 굵고 크고 싱싱하다. 특히 지내와 전갈은 살기가 보기만 해도 등등하다.

전갈이나 굼벵이는 일꾼들의 좋은 간식거리고, 지네는 한국 같으면 좋은 약재인데 여기는 밟아 죽여버린다. 전갈이나 지네는 썩은 나무에 서식해서 실제 농작물에는 피해는 주지 않지만, 굼벵이는 약한 나무를 공격하여 나무속을 갉아먹어 결국 나무는 죽고 만다.

망고나무를 주의 깊게 관찰하면 굼벵이가 갉아놓은 가루가 밖으로 흘러나온 것이 보인다. 빨리 칼이나 날카로운 것으로 주변을 긁어내고 끄집어내어야 한다.

특히 굼벵이는 코코넛나무를 좋아해서 이 나무에게 피해를 주는데, 소금으로 방제를 한다.

♣ 산닭

이제 귀여운 산닭 이야기를 해보자.

모양은 꿩처럼 생겼는데 크기는 작으면서 날렵한 게 예쁘게 생겼다. 특히 꼬리가 무척 길고, 농장에 다닐 때 자주 보인다. 사람을 만나도 금방 피하지 않고 앞에서 아장아장 걷다가 거리가 좁혀지면 앞으로 훌쩍 날아가서 다시 걷기를 반복한다.

그리고 산닭의 병아리는 집닭 병아리 울음소리와 똑같아서 어떤 때는 우리 집 병아리가 길을 잃어버린 줄 알고 한참 찾곤 하였다.

산닭 역시 일꾼들의 좋은 간식거리로 덫을 놓거나 새총으로 잡는다. 특히 트랙터 기사는 운전하는 동안 산닭을 자주 보기 때문에 운전하면서 새총을 쏜다. 번번이 실패하면서도 계속하는 것 보면 소가 뒷걸음으로 쥐 잡듯 가끔 잡는 모양이다.

한번은 농장을 둘러보고 있는데 어디서 푸드덕 푸드덕 소리가 자꾸 들리어 소리 나는 곳을 가보니 산닭 한 마리가 사람이 쳐 놓은 나이론 줄에 발목이 걸려서 빠져나오려고 안간힘을 쓰고 있었다.

이럴 때는 주변에 뱀도 이놈을 노릴지 몰라 주변을 확인하고 나서 붙들어서 가슴에 안고 실을 풀었다. 다행히 조용히 있어 엉킨 실을 쉽게 풀 수 있었다. 전에는 농장을 둘러볼 때마다 요긴하게 쓰는 주머니

칼을 가지고 다녔는데 그때는 집에 두고 와서 아쉬웠다.

이놈도 놀랐는지 내 손에서 얌전히 있었다. 우선 집에 와서 긁힌 발목을 소독하고 회복될 때까지 닭장에 두기로 하였다. 처음에는 새장에 넣었는데 새장이 너무 좁은지 새장 안에서 난리를 쳐서 얼른 꺼내서 집사람보고 닭장 준비할 때까지 안고 있으라 했다. 사람 손이 바뀌어서 놀랐는지 이놈이 갑자기 푸다닥 하는 바람에 집사람이 놀라서 놓쳐버렸다.

다음 날 산닭이 우리 마당에 오기 시작했다. 친구인지 짝인지도 모르는 놈도 같이 왔다. 사실은 내가 구해준 그놈인지 아닌지 몰랐지만 내가 구해준 놈이기를 바랐다.

한번은 집사람한테 실없는 농담을 했다. 흥부가 고쳐준 제비는 박씨를 물고 왔는데 이놈은 뭘 물고 왔는지 잘 관찰해 보라고 하였다.

♣ 일순이의 추억

일순이는 내 반려견의 이름이다.

농장 초기 살 집이 완성되자 양돈을 하던 지인이 외진 데서 살려면 허전하니 개를 키우라고 하면서 강아지 한 마리를 주었다. 이곳에서 흔한 토종개인데, 어미가 영리하고 점잖다고 했다. 개가 점잖타니 조금 의아했지만 고맙다 하고 키웠다.

사실 나는 개를 좋아하지 않는다. 그렇다고 싫어하지도 않았다. 개 키우기를 꺼리는 것은 아마 서울에 있을 때 정들었던 개가 어이없이 죽어버려 그때의 아픈 기억 때문인 것 같다

일순이가 앞에서 나를 보고 있다

나는 강아지 이름을 일순이라고 지었다. 만약 일순이가 새끼를 낳으면 이순이, 다음은 삼순이라고 부르려고 했다.

나는 일순이를 특별히 키운 기억이 없다. 일순이를 위하여 개집을 지어 준 적도 없고, 밥을 주거나 재워준 적도 없다. 이런 일들은 현지인 아줌마가 다 알아서 한 모양이다. 그러니까 내가 일순이 주인이지만 주인 노릇을 한 적이 없다는 말이다.

그럼에도 어느 날부터인가 내가 일을 나가면 일순이가 나를 따라 다녔다. 옆에 있는지도 모를 정도로 말없이 따라 다녔다. 나중에 생각해 보니 그때부터 내 신변보호는 더 완벽해진 것 같았다. 항상 경호원과 일순이가 있었으니 말이다.

일순이는 나를 따라다니다 잠시 들쥐를 잡거나 산닭을 쫓다가도 내가 부르면 금방 달려온다. 가끔 자기보다 덩치가 큰 개들이 으르렁거리며 시비를 걸어도 절대로 같이 대들지 않고 조용히 앞으로 나가서 어쩌고저쩌고 지들끼리 타협하고 해결하는 것을 보고 신기하기도 했다. 나는 한 번도 일순이가 자기들끼리 뒤엉켜서 싸우는 것을 본 적이 없고 심하게 짖거나 경망스러운 짓거리를 하는 것을 본 적이 없었다.

일순이는 그렇게 조용한 개였다. 그러자 나는 처음 일순이를 주면서 일순이 어미가 점잖다고 하는 말에 이해가 갔다.

어느덧 일순이는 나의 일상의 한 부분이 되어 갔다. 마치 나의 한쪽 다리나 한쪽 팔처럼 언제나 내 옆에 있었다. 그렇다고 이놈이 나한테 재롱을 떨거나 쓰다듬어 달라고 어리광을 부리지도 않았다. 그냥 말 없이 조용히 나를 지켰다. 나는 한 번도 일순이가 내 앞에서 오줌이나 똥을 싸는 것을 본 적이 없었다.

일하는 아줌마가 일순이가 새끼를 밴 것 같다고 했다. 얼마 후 새끼를 낳았다. 개들이 새끼를 낳을 때면 집에서 좀 떨어진, 자기 나름대로 안전하다 생각되는 곳에서 낳는 모양이다.

영리한 일순이도 경험이 없는지라 자기 딴에는 안전한 곳이라 생각한 것이 갑자기 비가 와서 물이 차버렸다. 겨우 새끼 한 마리만 건져서 젖을 먹이고 있는 일순이를 보자 얼마나 측은하고 안쓰러웠는지 모른다.

일순이가 다시 새끼를 배었다. 아줌마가 지난번에 난산이었는데 걱정이 된다고 했다. 나도 걱정이 되었지만 달리 방법이 없었다.

일순이가 두 번째 새끼를 낳다가 죽었다. 집에서 가까운 곳에서 발견되었다. 나는 일꾼들보고 일순이를 데려오라 하고 집 앞마당 망고나무 아래 묻었다. 공연히 감정을 억누를 수 없을 것 같아 일꾼들은 가라 하고 내가 직접 땅을 파고 묻었다. 일순이가 죽고 나서 한동안은 너무 허전했고 실감이 나지 않았다. 일을 하다가 문득 뒤돌아보면 있어야 할 일순이가 보이지 않았다.

그 후 농장이다 보니까 여러 번 개를 키울 기회가 있었고 또 종자가 좋다는 개도 키웠다. 그러나 일순이만 한 개가 없었다. 그러다 보니 조그마한 흠이 있어도 이유를 대고 정들기 전에 다른 데로 보내곤 했다.

절대로 키우는 짐승한테 정 주지 말라는 누구 말이 맞는 듯하면서도 틀린 것 같아 혼란스럽다.

나는 가끔 일순이가 묻혀있는 망고나무 앞에서 이 나무가 다른 나무보다 더 잘 자라는지를 본다. 일순이가 내 마음을 알아서 잘 자라고 더 많은 열매를 달리게 해 주기를 바라면서….

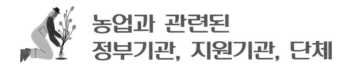

농업과 관련된
정부기관, 지원기관, 단체

♣ 농사과 관련된 정부기관

　우리나라와 마찬가지로 캄보디아에도 농업을 주관하는 정부 부처인
농림부가 있다.

　농림부가 농업 전반에 대한 정책과 지원을 담당하지만, 재정이 취약
한 이 나라 형편상 이상기후에 따른 가뭄이나 홍수 등 천재지변과 과
잉 생산이나 흉작 등으로 농민이 피해를 입었을 때 적극적으로 대처
하지 못하고 오로지 재배한 농민들 자신이 감당하여야 하는 안타까
운 현실이다.

　하루속히 이 나라의 경제력이 좋아져서 농업부문도 나란히 발전되
기를 기대할 뿐이다.

♣ 농업에 관련된 지원기관. 단체

대표적인 기관으로 CARDI가 있는데 농업개발연구원이라 부른다. 그밖에 RDA(농촌연구원), GDA(농업연구청) 등이 있는데 구체적인 기능은 알아보지 못하였다.

또 이 나라 농업을 지원하기 위하여 한국 농촌진흥청에서 해외 농업기술개발원, 즉 KOPIA Cambodia Center를 개설하고 이 나라에 농업에 관한 여러 가지 지원을 하고 있다.

한편 캄보디아에서 농업 활동을 하고 있는 교민들이 수년 전에 캄보디아 농산업 협회를 설립하고 회원들 간에 농업에 관한 지식과 정보를 공유하고 회원끼리 친목을 도모하고 있다.

그들은 매월 정기적인 모임을 가지는가 하면 캄보디아에 산재해 있는 농업시설이나 농장을 탐방하기도 한다.

3

농사에 뛰어들다

밀림을 사서
농토를 만들어
심고
가꾸고
수확하다.

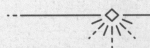

농지 구입

캄보디아 지도를 보면 나라 한가운데서 아래쪽을 내려오다 보면 수도 프놈펜이 있다. 남쪽은 해안인데 이 나라 유일한 수출 항구인 시아누크빌이 위치해 있다.

수도와 항구를 잇는 도로가 4번 국도인데 길이가 230km다. 우리나라의 경부고속도로처럼 이 나라에서는 가장 중요한 중심 도로다. 2022년에는 이 구간에 캄보디아 최초로 고속도로가 개통되었다. 전장 190km로 기존의 4번 국도보다 상당히 직선화되었다.

우리 농장은 국도로는 프놈펜 기점 97km에서 농장으로 들어오면 되고, 고속도로로는 76km 지점에서 4번 국도와 연결된다. 행정구역으로는 캄퐁스프주인데 우리 농장은 주 지역의 끝자락에 위치하여 인근 코콩주와 캄폿주의 경계선과 마주하고 있다.

지형을 보면 서쪽은 태국 국경에서 시작한 거대한 카다몸 산맥의 끝자락에 있고, 남쪽은 보코산 줄기의 끝에 있다.

농장 위치가 수도 프놈펜과 항구인 시아누크빌로 접근이 쉽고, 도로 상태도 다른 도로에 비해 양호한 반면 밀림 상태라 가격이 저렴하였다.

토질을 보니 우리가 지금까지 탐사한 지역의 비옥한 토질에는 미치지 못하나 그렇다고 작물을 심지 못할 정도의 척박한 땅은 아니었다. 왜냐하면, 이곳저곳 여러 군데 땅을 보는 과정에서 비전문가인 우리가 보기에도 마음속으로 이건 아니다 싶은 땅이 가끔 있었기에 비교할 수 있었다.

그렇게 되어 땅을 먼저 샀다. 무얼 심을지 하는 고민을 뒤로하고 농사의 첫발을 떼었다.

밀림은 우리가 탐색하러 갈 때마다 어디 한번 한판 붙어보자는 듯 우리의 도전을 기다리는 것 같았다.

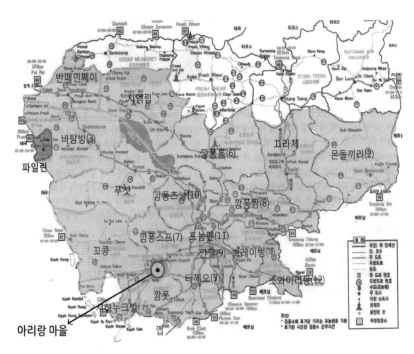

아리랑 마을 위치

경계선
측량

　땅을 계약하기 전 땅 주인을 만나서 땅 모양이 어떠냐고 물으니 이리 저리하다고 설명하는데 도대체 알 수가 없었다. 그래서 현장을 여러 번 가서 볼 때마다 울창한 나무에 가려 마치 우산에 구멍이 뚫린 것 같이 하늘이 쪼끄맣게 보일 뿐이었다.

　하늘이 그렇게 좁은 줄 처음 알았다.

　다른 데를 보려고 하니 나무들이 뒤엉켜 들어갈 수가 없었다. 결국 타협한 것이 우리가 서있는 여기를 기준으로 200ha의 면적을 직사각형으로 만들어 주기로 했다.

　도대체 그 사람 땅이 그만큼 되는지 확인도 되지 않고 주인이 오케이 오케이 하니 그저 믿을 수밖에 없었다.

　그래서 200ha에 대한 경계선 측량이 시작되었다. 옆집 리더가 계산하더니 전장 6km나 되었다. 나는 도대체 측량이란 말만 들었고 나침판도 처음 보았다. 모든 것을 리더에게 맡기고 나는 옆에서 심부름만 했다.

　측량 탐험대가 조직되고 리더는 총대장이 되었다. 장글도나 도끼를 가진 현지인 십여 명이 전진 대원으로 길을 트는 역할을 하고, 그밖에 보급품을 나르거나 깃발을 세우거나 전진 부대와 후속 부대를 연결하는 연락병 등 수십 명이 총대장의 지시대로 움직였다. 당연히 땅 주인이자 얼마 전까지도 이 지역을 장악했던 코메르루즈 대장 출신도 총대장 밑에서 부관 역할을 했다.

나는 보급대장이었다. 대장의 지시에 의하여 깃발 병이 앞으로 전진한다.

대나무 중에서 제일 길게 자란 나무를 잘라 흰 천을 묶어서 흔들었는데도 나무들에 가려 보이지 않을 때가 많았다. 그럴 때는 소리로 부르고 대답하기를 반복하여 깃발을 대신했다. 위치가 고정되면 전진 부대원들이 칼이나 도끼를 가지고 길을 튼다.

상태에 따라 길이 되기도 하고 덩굴들이 서로 엉켜있으면 겨우 지나갈 정도의 터널이 되기도 한다.

태고의 처녀지에 손을 대니 정글이 분노한다. 때로는 붉은 개미를 내보내 분노를 표출하기도 하고, 가시나무나 독초를 보내 아프게도 하고 가렵게도 하면서 심술을 부린다.

우리가 썩은 나무를 넘어갈라 치면 보기에도 섬뜩한 전갈이나 지네가 위협하고, 가끔 독사가 스치듯 지나간다. 제일 우리를 괴롭힌 것은 붉은 개미였다.

이놈은 시도 때도 없이 나무 위에 대기 하고 있다가 날아와서 공격한다. 어떤 때는 떼로 달려들어 온몸이 개미 투성일 때도 있었다. 붉은 개미는 우리를 괴롭히는 아주 나쁜 놈이었다.

정글이 심술을 부리면 하루에 불과 일이백 미터도 전진하지 못하였다.

측량의 하이라이트는 마지막 측량 깃발이 과연 처음 시작한 지점에 정확하게 꽂히느냐다. 마지막 깃발이 원점에 꽂히는 순간 모두가 환성을 질렀다. 측량원정대는 완벽한 승리를 거두었다. 그제야 밀림도 승복하고 축하하는 듯했다.

이를 계기로 측량 대원들인 현지인들이 우리를 신뢰하게 되었고, 후에도 우리 일에 협조하게 되었다.

나는 가끔 그때의 측량 현장이었던 전적지를 돌아본다.

도대체 흔적이 없다.

우리의 전진을 방해하던 모든 적들은 흔적도 없이 사라지고 다 큰 망고나무가 멀쩡하게 서서 시침을 떼고 있다. 마치 내가 지난날 무용담을 들려주면 언제 그랬느냐 거짓말하지 말라는 듯이 말이다.

그리고 대나무에 묶인 흰 깃발이 태극기였으면 얼마나 더 감격스러웠을까 하는 아쉬움도 있었다.

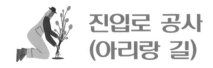

진입로 공사
(아리랑 길)

큰길인 4번 국도와 농장을 연결하는 길이 없었다. 그래서 현장을 올 때마다 다른 길로 돌아서 오는 등 불편하기 짝이 없었다.

4번 국도

비가 오는 어떤 날은 소가 끄는 달구지를 타고 몇 시간을 돌아오느라 엉덩이가 아파서 혼이 난 적도 있었다. 그래서 땅 주인한테 땅을 주면 우리가 도로를 만들겠다고 하니 그러자고 했다.

도로는 14m 폭에 전장 2.5km였다.

도로 공사를 시작한 날 우리 지역 군수가 참석했고, 멀리 사는 주민들까지 와서 관심을 보였다. 우리는 비록 우리 땅에 우리 돈으로 개설하는 도로지만 울타리를 치지 않고 모두가 사용하는 공용 도로로 하겠다고 선언해서 박수를 받았다.

우리는 이 길을 '아리랑 길'이라 부르기로 했다. 원래 직선으로 만들려고 했는데 이런저런 사정으로 살짝 휘어져서 아리랑 길에 걸맞게 꼬부랑길이 되었다.

진입로 보수 공사

땅
계약

땅의 위치와 경계선이 확정되고 도로 문제가 해결되고 땅 가격이 결정되자 계약할 단계가 되었다.

처음엔 땅 주인이 세 명이었다. 남자 한 명에 여자 두 명이어서 현장은 남자와 같이 다녔다. 나름대로 꼼꼼히 챙겨 계약이 무사히 끝나고 잔금 전이라도 개간을 시작하고 도로 공사도 하기로 했다.

전체적인 분위기는 그 당시에는 4번 도로 따라 도로변에만 사람들이 드문드문 살았는데 이 밀림 지역에 한국 사람이 와서 농사짓는다고 하니 흥미롭기도 하고 기대에 찬 모습이었다. 그래서 그런지 모든 게 협조적이었고, 시비를 걸거나 다툼이 없었다.

놀라운 것은 잔금을 치르는 날이었다. 돈 받으러 온 사람이 이삼십 명이나 되었다. 알고 보니 땅 주인 세 사람이 그들의 대표로 계약한 것이었다. 황당했지만 우리는 지켜볼 수밖에 없었다.

도대체 저 사람들은 어떻게 저 밀림 속에서 자기 땅이 얼마인지를 알고 있는지 신기했고, 어쩌고저쩌고 하더니 자기들끼리 다툼 없이 서로 돈을 주고받으며 마무리하는 게 신통했다.

개간

밀림을 농지로 바꾸는 일을 개간이라 한다.

농사를 시작하려면 이미 농지로 만들어진 땅을 사느냐 아니면 맨땅을 사서 자기가 농지를 직접 만들어야 하는지를 선택해야 한다.

둘 다 장단점이 있다.

영농 자금이 넉넉하면 이미 만들어진 땅에다 시작하면 시간과 노력이 절약된다. 그리고 수입도 빨리 들어온다.

마치 무덤처럼 보이는 개미집

개간

　그러나 우리는 선택의 여지가 없어 값싼 밀림을 사서 개간하기로 결정하였다. 개간이 결코 쉽다고 생각되지는 않았지만, 실제 하니까 생각보다 작업이 어렵고 시간이 지연되었다. 그 이유는 장비가 노후되어 잦은 고장에다 비가 오면 장비가 수렁에 빠져 일을 못 하고 어떤 때는 일 하는 사람이 없는 등 계획대로 되지 않았다.

　개간하는 순서는 먼저 개간업자가 밀림 상태를 보고 개간하는 가격을 결정한다. 가격 결정 요인은 개간하는 지역에 큰 나무와 개미집이 얼마나 있느냐에 따라 결정된다. 큰 나무는 뿌리를 캐는 데 시간이 걸리고 개미집은 봉분 같은 흙더미 개미집을 깎아서 평평하게 하는 데

개간

시간이 걸린다.

개간 가격이 결정되면 처음에 굴착기가 나무를 뽑아 한군데 모아서 말린 후 태운다. 그리고 다시 굴착기가 평탄 작업을 한 후 트랙터가 흙을 갈아 작물을 심을 수 있도록 하면 끝난다.

일면 간단한 작업 같지만, 작업을 지연시키는 변수가 하나둘이 아니다. 개간은 마치 밀림이 자기를 지키려는 마지막 저항인지 아니면 싸움을 포기하고 마지막 심술을 부리는지 생각보다 더디고 힘들었다.

🍀 퇴비 만들기

퇴비를 만들기 위해서 돼지를 키웠다.

한국에서 나무 파쇄기를 가져와 주위에 있는 풀과 나무를 잘라서 분쇄한 후 돈분과 섞었다. 매일 매일 부지런히 하고 또 하고를 반복했다.

그러다 어느 날 다시 보니까 망고나무가 너무 많이 심어져 이대로는 감당이 되지 않을 것 같았고, 망고나무도 퇴비를 준 놈이나 안 준 놈이나 자라는 데 별 차이가 없었다.

🍀 화학비료

비료는 농사에 꼭 필요하지만 사용하기에는 주저하게 된다. 가장 큰 이유는 가격이 비싸기 때문이다. 최근에는 우크라이나 전쟁으로 국제 유가가 오르자 비료값도 급등했다.

또 하나는 가짜 비료 문제다. 캄보디아에서는 비료가 생산되지 않는 다. 따라서 태국과 베트남에서 수입하는데, 함량 미달이라고 한다. 그 런데 그 함량 미달 비료조차도 가짜가 있다니 머리가 돌 지경이다.

비싼 가격으로 가짜를 사야 하니 머리가 진짜 아프다.

♣ 농약

농약을 사용할 때가 되었다. 열매가 열리고부터 나무에 병이 생기고 해충이 나타나니 방제를 해야 하는데 도대체 농약의 종류가 너무 많 아 정신을 차릴 수가 없었다.

큰맘 먹고 정리를 해보았다.

영양제, 살충제, 기피제 등 용어도 이해가 되었고, 이미 사용한 농 약은 사진 찍어 상품명과 성분을 정리하니 농약에 대한 어느 정도 이 해가 되었다.

그런데 역시 비료와 마찬가지로 제품에 대한 신뢰도가 문제였다. 즉 가짜가 있다는 거였다. 가끔 빈 병을 사러 오는 사람이 있어 더욱 의 심하게 되었다.

자연
농업

자연 농업을 나는 이렇게 이해했다.

우리 주변에 있는 자원을 활용하여 친환경 농업을 하면 생산성도 높아지고 품질도 좋아지고 따라서 값도 잘 받을 수 있다는 것이다.

책을 읽어보니 우리 주변에는 쉽게 구할 수 있는 자재들이 있었다. 예를 들면, 여기는 우기 때 죽순이 흔하다. 죽순 천혜녹즙을 만들면 성장이 빨라진다니 솔깃했다. 양돈을 하니 돼지가 빨리 클 것 같고, 망고를 심었으니 빨리 커서 열매를 맺을 것 같았다. 여러 가지 좋은 게 많았지만 우선 하기 쉬운 것 몇 가지만 하기로 했다.

우선 집 뜰 구석에 자재 창고를 짓고 천혜녹즙 만들 옹기를 수십 개 준비했다. 천혜녹즙이란 재료에 설탕을 재워 일정 기간 두면 재료의 원액이 추출된다. 이를 천혜녹즙이라 하는데, 여기에 물로 300배 희석하여 영양제로 사용한다.

우기철이라 구하기 쉬운 죽순으로 천혜녹즙을 만들 계획이었다. 일꾼들에게 농장 안에 있는 대나무밭에서 죽순을 캐오라 하니 조금밖에 구해오지 못했다.

아침에 시장에 가서 잔뜩 사 왔다. 문제는 설탕이었다. 책에는 흑설탕이 좋다고 하는데 여기는 흑설탕이 없었다. 그때는 무슨 정성이었는지 프놈펜 온 시장을 돌아다니며 흑설탕 찾으러 다녔으나 헛수고였다. 하는 수 없이 사탕수수 짜는 기계를 사서 설탕을 직접 만들기로 했다. 마침 옆집에서 사탕수수를 심고 있어서 재료는 쉽게 구할 수 있었다.

큰 솥을 사서 걸고 사탕수수를 기계로 짜서 넣고 끓였다. 시간이 오래 걸린 후에야 겨우 끈적끈적한 설탕이 되었는데, 이거 만들다간 세상이 다 갈 것 같았다. 그런데 알고 보니 팜나무 열매에서 만든 설탕이 있는데 색깔이 누런 게 흑설탕을 닮았다. 가루도 있었지만 비싸서 페이스트 상태를 샀다. 마치 조청 같았다. 나중에 알고 보니 이게 흑설탕보다 훨씬 좋다고 했다.

책에 있는 대로 죽순을 썰어 넣고 써커를 중간에 넣고를 반복하여 뚜껑을 닫고 완성될 때까지 기다렸다. 여기서 '써커'는 팜에서 나오는 설탕이고, 사탕수수에서 나오는 설탕은 '쏘아 써커'라고 했다. '쏘아'는 희다는 뜻이고, '써커'는 물론 설탕을 말한다.

녹즙이 나오는 대로 300배 희석하여 부지런히 돼지한테 먹이고 망고나무에 뿌렸다. 문제는 그렇게 먹이고 뿌리는 데 한계가 있었다. 쉽게 말해서 새 발의 피였다. 돼지들은 천혜녹즙을 주면 정신없이 좋아라 먹어대는데 이놈들이 이걸 먹고 얼마나 잘 자라는지 알 수 없고 또 천혜녹즙을 뿌린 망고나무가 다른 나무보다 더 잘 자랐는지 알 수가 없었다.

생선 아미노산도 만들어 보고 바닷물도 길러서 희석하여 뿌렸다. 그러다 지쳐서 자연스럽게 그만두게 되었다.

나중에 농업 전문가한테 이 이야기를 하니 자연농업은 좋기는 좋은데 한국에서는 300평 정도 된 땅이나 돼지는 300마리 정도 규모에서하는 것이 좋다고 했다.

상당히 수긍이 갔다. 농사 방법도 규모를 생각하고 새로운 걸 적용해야 한다고 생각했다. 마치 솜씨 좋은 동네 백반집 아줌마가 끓인 된장국이 비행기에서 제공하는 기내식으로는 적합하지 않은 것 같이 말이다. 너무 지나친 비유 같지만, 어찌 되었건 초기에는 참 열심히 그리고 부지런히 하였다.

두리안 나무

4

이런 농사를 지었습니다

현재 하고 있는 망고농사와
심었다가 실패한 작물들,
심을 뻔했던 작물들,
소문만 잔뜩 났던 작물들을 재배하고
그 경험을
아는 대로 적었습니다.

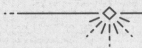

망고
(Mango)

♣ 망고를 심기로 하다

처음부터 망고를 심기로 한 것은 아니었다. 일이 공교롭게 되어 무슨 농사를 지을까 결정되기 전에 땅부터 구입하게 되었다. 밀림이 개간되면서 점차 농지가 조성되어 가자 어떤 작물을 심을지 결정할 때가 되었다.

다 자란 망고나무

처음 파파야를 심었는데 너무 쉽게 접근하는 바람에 예상치 못한 시행착오를 겪었던 터라 이리저리 고려할 것이 많았다. 그래서 먼저 무엇을 심을까 결정하는데 우선 따져 봐야 할 걸 정리해 보았다.

- 앞으로 농장이 더 확장될 것이다.
- 키우기 쉬워야 한다.
- 토양과 궁합이 맞아야 한다.
- 기후가 맞아야 한다.
- 판매가 쉬워야 한다.
- 심는 비용이 적당해야 한다.
- 자금 회수가 너무 길지 않아야 한다.
- 한 가지만 심어야 한다.

이런 걸 염두에 두고 이런저런 작물을 조금씩 심어가던 중 다른 작물과 같이 심어져 있는 망고가 눈에 들어 왔다.

나름대로 이놈도 다른 작물과 같이 시험 재배 중이었다. 다른 작물이 생각보다 문제가 이것저것 생기자 거기에 신경 쓰다 보니 말없이 잘 자라는 망고에는 관심을 놓친 격이 되었다.

일단 잘 자라는 망고에 주목하고 알아보던 중 마침 읍내에 망고농장들이 있어 여러 가지 궁금한 게 해결되었고, 완벽하지는 않았지만 고려할 사항들과 대충 맞고 또 망고 외 특별한 대안도 없어 주저 없이 세 집이 모두 망고를 심기로 했다.

그 후 우리가 망고를 심으니 인근에서도 심기 시작했다. 오히려 우리가 궁금해서 물으니 자기들은 한국 사람이 심어서 우리도 심는다 했다.

이런 과정을 거쳐 지금은 우리 지역이 캄보디아에서 가장 큰 망고 주산지가 되었다.

꽃이 활짝 핀 망고나무

♣ 망고란?

열대 과일로 우리에게 친숙한 망고는 인도가 원산지로 알려졌는데 재배 역사는 4천 년이나 된다고 한다.

익은 과일을 후식용으로 많이 소비하는데, 맛과 향이 좋아 '과일의 왕'이라고 불리기도 한다. 다량의 비타민 A와 꽤 많은 양의 비타민 B와 C가 함유되어 있는 망고는 모든 열대와 아열대 지방에서 재배되는데 최근에는 우리나라에서도 재배되고 있다.

특히 망고는 후숙 과일로서 저장성이 약해 산지 가격과 소비지 가격이 큰 차이를 보이고 있다. 이 말을 쉽게 쓰면 망고는 바나나처럼 일찍 따서 일주일 정도 스스로 익힌 다음 먹는데 복숭아처럼 오래 보관하지를 못해 캄보디아에서 한 개에 몇백 원 하는 가격이 서울에서는 몇천 원 한다는 말이다.

망고의 종류

세계적으로 망고의 종류는 수없이 많다고 한다. 그리고 각 나라는 그 나라의 기후와 토양이 맞는 망고를 심어 그 나라를 대표하는 맛과 향으로 세계 시장에서 경쟁한다.

캄보디아에는 '까르밋'이라는 종자가 있다. 모두가 까르밋만 심고 캄보디아 망고라 하면 까르밋을 말한다. 까르밋이 다른 망고에 비하여 크고 향이 좋고 달아서 다른 망고와는 비교가 안 될 정도로 품질이 우수하다.

매년 4월에 한창 망고가 수확될 때는 대부분 태국이나 베트남으로 팔려 가는데, 그곳에 온 관광객들은 까르밋을 그 나라 과일인 줄 알고 먹고 좋아한다. 농장을 방문한 사람들이 까르밋을 맛보고 이런 망고는 처음 먹어 본다고 칭찬을 아끼지 않았다. 사람들은 캄보디아가 태풍과 지진이 없는 것도 축복이지만 까르밋이 이 나라에 있는 것도 축복이라 하였다.

극히 일부지만 '까우젠'이라는 종자가 있다. 향이 진하고 달며 까르밋보다는 작고 태국의 대표적인 망고 종자인 남동마이보다는 약간 크다. 심어서 6년 이상 지나야 과일이 열리는데 나무 자체가 매우 크고 관리가 까르밋보다 까다로워 상업적으로는 심지 않는다. 과일 가게에서도 보기 힘들지만 고급 과일 파는 곳에서는 피라밋처럼 진열해 놓고 비싸게 판다.

이곳에서 망고를 심는다면 어떤 종자로 심을까 걱정할 필요가 없고, 설사 다른 품종을 심었다 해도 팔지를 못한다. 왜냐하면, 이 나라는 내수시장은 없다시피한 데다 국제 시장에서는 까르밋만 알려졌기 때문에 모르는 품종이 팔릴 리 없다.

농장 초기에 태국 사람이 자기 나라 망고라 하면서 접붙인 묘목을 팔았다. 그때는 까르밋 가치를 모르고 태국 망고니 더 좋겠지 생각하고 몇백 그루 심었다.

과일 모양은 사과 모양인데 여기서는 그냥 타이망고라 했다. 자라기도 잘 자라고 나무 모양이 아주 좋아 정원수로도 손색이 없었다. 그런데 문제는 과일이 안 열리거나 그나마 열려도 몇 개 만 달랑 열렸다. 그리고 맛은 달기는 하나 향이 없었다.

타이망고를 옆집에서는 더 이상 키울 가치가 없다고 진작 제거해 버렸지만 나는 미련을 버리지 못하고 혹시나 올해는 열릴까 하고 버티다 결국 베어버렸다. 결국 시간과 노력만 낭비했다.

근래에는 태국에서 애플 망고라는 종자가 캄보디아로 들어 왔다. 들리는 말로는 호주에서 개발된 품종인데 태국에서 심기 시작하여 다시 캄보디아로 들어오게 되었다 한다.

모양이 사과 모양이고, 익으면 붉은색이 감돌아 진짜 사과 같고 과일이 커서 하나에 1kg까지 나가기도 했다.

나도 몇 그루 시험적으로 마당에 심었는데 빛 좋은 개살구였다. 과일이 크니 당도는 당연히 떨어지고 무엇보다도 많이 열리지가 않아 경제성이 없었다. 그런 줄 모르고 과일 모양만 보고 좋다는 말만 듣고 많이 심었으면 낭패를 볼 뻔하였다.

사실 새 품종을 심는다는 것은 농장으로는 리스크가 크다. 아무리 보기 좋고 맛있더라도 그것이 국제 시장에 알려지고 팔리려면 시간이 걸리고 팔릴 물량도 충분해야 한다. 그러려면 다른 농장에서도 같이 심어주어야 한다.

나는 집 앞마당을 넓게 만들어 여러 종류의 망고를 구해서 심어 보았다. 20년이 지난 지금은 전부 도태되고, 과일 생산보다는 종자를 보존한다는 생각으로 한 그루씩 남겨두고 빈자리는 까르밋으로 채웠다.

망고와 토양

망고 재배에 필요한 토양의 요구도는 높지 않다. 자갈밭이 아니고 물에 잠기지만 않는 웬만한 땅이면 재배가 가능하다. 오히려 현저하게 비옥한 땅은 왕성하게 성장만 하고 결실을 하지 않는다. 반면에 척박한 땅은 과일이 적게 열리기 때문에 비료로 지력을 보완해 주어야 한다. 생육 조건도 최소한 건기가 3개월은 지속되고 7개월을 넘지 않으면 된다 한다.

반면 토양을 많이 가리는 것 같다. 토양의 요구도가 높지 않다는 말과 토양을 가린다는 말이 언뜻 모순되기도 한다.

　어떻게 설명을 해야 할까?

망고 꽃이 피다

　만약 망고가 잘 자라는데 열매가 없다고 한다면 잘 자라는 것은 요구도요, 열매가 없는 것은 가린다고 보면 될 것 같다. 캄보디아 까르밋이 좋다 해서 태국과 베트남에서 자기네들도 심어보려고 수차 시도하였지만 성공하지 못하였다. 이는 요구도는 만족하지만 토질은 가리는 것이다.

앞에서도 말했지만 나도 다른 나라 종자를 부지런히 구해 심어 보았지만 자라기만 하고 결실에서 열매가 적게 열리거나 안 열리고 맛도 기대에 미치지 못하였다. 결국 땅과 나무가 궁합이 맞지 않아서다.

세상이 참 공평하다고 생각했다. 만약 캄보디아를 대표하는 까르밋이 태국에서도 잘 되었으면 캄보디아 농민들은 어떻게 되었을까?

♣ 묘목 준비

묘목을 구하는 방법은 묘목시장에서 사는 방법과 직접 만드는 방법이 있다.

시장에서 사기

연초가 지나고 날씨가 서서히 더워지기 시작하면 도로변 묘목 가게에서 망고 묘목을 수천 그루씩 팔려고 내놓는다.

보통 세 종류의 묘목이 있다.

첫 번째는 키운 지 6개월 정도로 크기는 사람 허리 정도 오는데 값이 싸다. 심은 후 물을 주어야 하고 어리기 때문에 뿌리 활착이 늦다.

두 번째는 사람 어깨 정도 오는 크기인데 1년 정도 키운 것으로 농장에서 가장 많이 선호한다. 비 온 후 심으면 따로 물 줄 필요가 없는 대신 바람에 넘어지지 않도록 막대기로 묶어주어야 한다.

세 번째는 사람 키를 넘는 2년생 묘목이다. 심을 때 넘어지지 않도록 지주목을 꼭 세워야 한다.

　일년생 묘목을 선호하는 이유는 경험에 의한 것인데 세 가지 중 작은 것은 어려서 또 큰 것은 커서 뿌리 활착이 늦어지는 반면일년생은 심은 후 가장 빨리 땅에 적응하여 성장이 빠르다는 것이다.

집에서 만든 망고 묘목

묘목 직접 만들기

　어느 정도 망고가 심어지고 망고나무와 익숙해지자 일꾼들과 묘목을 직접 만들기로 했다.

　망고를 수확하는 과정에서 잘 익었지만 벌레가 먹었거나 상처가 나서 불량품이 된 것을 골라 과육을 제거한 후 얼마간 말렸다가 씨에 흠집을 내어 발아를 유도한 후 흙에다 묻었다. 얼마 지나지 않아 싹이 나오는데 한 씨앗에서 서너 개의 싹이 나온다.

싹이 나온 후에는 매일 물을 준다. 어느 정도 자라면 포트에 옮겨 심었다가 다음 해 6월부터 심는다.

묘목을 시장에서 사거나 직접 만들거나 어느 쪽이 더 좋다고 할 수 없다. 사는 게 돈이 드는 반면 만드는 데는 품이 들어가는데 결국 그게 그거인 것 같다. 또 자라는데도 차이가 있지도 않다. 그러니까 그때그때 형편에 따라 선택하면 된다.

♣ 구획 정리, 재식 간격

망고를 심기 전에 땅을 준비하고 구획 정리를 해야 한다. 구획 정리라는 표현이 맞는지는 모르지만 일단 망고를 한 구역에 몇 그루를 심느냐이다. 구역을 만들어야 관리가 쉽고 도로로 사용되고 불이 났을 때 방화로가 되는 것이다.

나는 100×200m로 하였고, 옆집은 200×200m로 하였다. 어떤 기준이 있는 것도 아니고 다른 농장들은 어떻게 했는지 알아보지도 않았다.

지나고 나니 100×200m은 조금 낭비인 것 같아 농장 경계선 막다른 길은 망고를 심어버렸다.

♣ 재식 거리

망고를 서로 얼마만큼 띄어 심느냐를 재식 거리라 한다.
까르밋은 7×7m 간격으로 1ha에 200주 미만 심긴다.

망고나무는 나무 모양이 보기 좋다. 위로 크는 직립형 나무지만 열매가 햇빛을 골고루 받으려고 우산 모양으로 가지가 형성된다. 그런데 이쪽 가지와 저쪽 가지가 서로 부딪치지 않아야 한다. 그 한계가 7m 간격인데 지나고 보니 맞는 것 같다.

농장주 입장에선 망고나무 숫자가 많으면 돈이 더 들오기 때문에 6×6m 간격의 유혹을 받을 수 있다. 그것도 지나고 보니 간격이 좁아지니 나무가 스트레스를 받아 수확량이 줄고 나무를 임대할 때 임대 가격이 깎인다.

또 8×8m 간격은 우선 보기가 시원하고 한결 여유가 있어 보이지만, 임대할 때 보기 좋다고 돈을 더 주지는 않는다.

나는 앞마당에는 8m 간격으로 심었다.

망고 재식거리

♣ 구덩이 줄 맞추기

망고 심을 구덩이를 파기 전에 팔 자리를 정하고 그 자리에 막대기를 꽂아 놓는다. 그 막대기는 나중에 심고 나서 묘목이 바람에 넘어지지 않게 하는 지주목이 된다.

나한테는 제일 힘 드는 일이 심을 자리를 정하는 줄 맞추기다. 다른 일은 시키고 확인만 하면 되는데 이 일만은 직접 해야 한다.

50m 줄자를 가지고 여럿이 협업을 해야 하는데 말이 안 통하기도 하고, 못 알아듣기도 하고, 잘못하기도 하는 등 가지가지 변수로 뒤엉켜 버리는 상황이 빈번하였다. 특히 미리 만들어 놓은 구획이 정확하지 않을 때는 더 힘들었다.

우선 가장 중요한 것은 줄이 맞아야 보기도 좋고 트랙터가 일하기도 편해서 줄만은 곧 바르게 하고 간격은 마지막에 조정하였다.

사실 줄 맞추기는 그 사람의 능력인 것 같았다. 나는 죽도록 고생하고 결과도 신통치 않았는데 옆집은 수월하게 하는 것 같은데 줄이 자로 잰 듯 정확하였다.

♣ 구덩이 파기

심기 전에 구덩이를 파고 햇빛으로 충분히 소독한 후 퇴비와 원래 흙을 서로 섞어서 심을 준비를 마친다. 그런데 이 순서가 좀 애매하다.

미리 땅을 파려면 땅이 젖어야 파기 쉽다. 충분히 비가 온 후에야 가능하다. 그리고 해가 나야 구덩이를 말려서 소독을 한다. 그리고 비가 와야 심는다.

이 일정이 날씨와 연관이 되니까 식목 계획을 유연하게 잡아야 한다.

책에 나와있기를 보통 망고를 8×10m 간격으로 심는다면 구덩이를 40×40×40cm로 파기를 권한다. 그러나 나는 30×30×30cm로 팠다.

실제 권고하는 사이즈로 파면 좋기야 하겠지만, 실제 심을 때 보면 구덩이에 비하여 너무 묘목이 작다. 앞마당에 몇 그루 심는 거면 몰라도 수천 그루를 심을 때는 인력도 문제지만 퇴비 준비도 만만치가 않다. 그리고 30㎝로 파다가도 일꾼들이 힘이 드니 자꾸 구덩이 크기가 줄어든다. 수시로 체크하고 제대로 넓게 파라고 독려해야 한다.

구덩이 막대기 세우기

♣ 심기

망고를 심기 전에는 여러 가지
과정을 거치지만 심는 것은 단순
하고 쉽다. 6월 우기가 시작되고
비가 충분히 왔을 때 심는다.

직접 키운 묘목은 그대로 심어
도 되지만 사 온 묘목은 그늘에
일주일 정도 휴식을 가진 다음에
심는 것이 좋다. 묘목을 운반할
때 여기 사람 말로는 나무가 놀라
서 일주일 정도 달래서 진정시켜
야 된다고 했다. 일리 있는 말인
것 같다.

망고 심기

심기 바로 전 구덩이 흙을 한두
번 뒤집은 후 심고 막대기를 대고 함께 묶어주면 된다. 심을 때 앞뒤
좌우 줄이 맞는지 확인한다.

심은 장소가 조금 높아서 비가 오면 물이 고이지 않고 그냥 흘러갈
것 같으면 나무 주변을 동그랗게 파서 물이 고이게 하고, 저지대이면
물이 고일 염려가 있으니 물이 빠져나갈 수 있도록 나무 주위를 약간
봉우리 지게 하여 물이 쉽게 빠져나가도록 한다.

심을 때 제일 중요한 점은 심는 날을 잘못 선택하여 심고 나서 비가
오지 않아 물이 부족할 때 그 넓은 땅에 물을 주어야 하는 우를 범하
지 않는 것이다.

주간 절단 문제

자라고 있는 망고나무들

주간이란 나무 가운데 곧게 서 있는 으뜸이 되는 기둥을 말한다. 망고나무는 직립형 나무라 하는데 이는 나무가 곧게 위로만 자라고 뿌리도 아래로만 뻗는다는 것이다.

어느 날 한국에서 온 농업 전문가가 망고는 묘목 상태일 때 주간을 절단해야 높이 자라지 않고 옆으로 퍼져서 수확하기가 쉽다고 권하며 다녔다. 마치 사과나무를 잘라 포도나무처럼 한다는 것이다.

그러자 일부 농장에서는 주간을 덥석 잘라버렸다. 나는 의문이 생겼다. 나무가 옆으로 퍼지면 면적을 많이 차지할 것이고 이럴 경우에도 수확량이 정상적인 나무와 같이 될까 하는 걱정이었다. 그리고 그 당시는 인건비가 싸서 수확에 따른 비용은 큰 문제는 아니었다.

그러던 중 일꾼 하나가 풀을 벤다는 것이 어린 망고를 싹둑 잘라 버렸다. 마치 주간을 벤 꼴이 되어 버린 것이다. 야단치고 뽑아버리라 하다가 문득 어떻게 자라나 시험해 보고 싶었다.

주위를 보니 다른 한 그루도 똑같이 베어져 있었다. 일 년이 지난 후 궁금해서 가보니 아직도 힘겹게 버티는 것 같았다. 그리고 수년 후 생각이 나서 가보니 나무가 없었다. 다른 나무와 같은 크기로 자라놓고는 나한테 시침을 떼고 있었다. 잘렸는데도 곧게 올라가는 그 성질을 못 버려 기어이 힘들게 제 모습을 찾은 것이다.

주간을 절단한 농장을 가보았다. 절단 후 아마 일이 년 후인 것 같았다. 나무들은 아직도 앉은뱅이 상태였고, 제일 아래 가지는 땅에 닿을 것 같았다. 만약 열매가 열리면 열매가 전부 땅에 닿을 것이다. 열매가 열릴 가지마다 지주목을 댈 것을 생각하니 안타까웠다.

이 글을 쓰면서 다시 잘렸던 나무를 보러 갔다. 여전히 시침을 떼면서 버티고 있었다. 그리고 나를 뽑아버리지 않고 살려준 데 대해 감사하는 것 같았다.

나도 장난삼아 잘린 자리를 툭 쳤다.

'아얏!' 소리가 들리는 듯했다.

나무가 엄살을 부렸다.

♣ 키우기

심은 후 일 년 동안은 물은 주지 않더라도 잡초는 뽑아주어야 한다. 심을 때가 우기니 잘 자라지만 잡초는 더 잘 자란다. 이때를 틈타 망고의 천적이 나타난다. 들쥐들이 밤에 어린 망고 밑동을 싹둑싹둑 잘라버린다. 아침에 잘 자란 싱싱한 나무가 어이없게 나자빠진 걸 보면 얼마나 화가 나는지 모른다.

더군다나 이놈들은 좋은 나무만 골라서 공격한다. 전부가 그런 게 아니고 쥐가 출몰하는 지역에만 피해를 보는데, 도대체 이놈이 어디에 있는지 일을 당한 후에나 알게 되는 것이다.

이럴 때는 플라스틱 파이프를 30센티 정도로 잘라서 반으로 쪼갠 후 망고나무 밑동에 대고 끈으로 묶었다. 작업은 간단했으나 주변이 넓을 때는 그 일도 큰일이었다.

예방은 되었지만, 쥐 때문에 고생한다는 생각과 잘린 망고를 생각하니 쥐를 보기만 하면 작살내겠다고 다짐했지만 이놈들이 겁을 먹었는지 도대체 보이질 않았다.

↑ 망고 새싹이 나오고 있다

심은 지 1년 차 망고나무,
새싹이 나오고 있다 →

비료, 퇴비

워낙 많이 심다 보니 비료를 주어야겠다는 생각만 했지 주질 못했다. 농사를 지을 때 들어가는 돈, 즉 영농비는 정확하게 들어가거나 오히려 더 들어가는데 수익은 언제나 계산보다 덜 나온다. 이것이 농사의 함정이다.

부지런히 양돈장에서 나오는 돈분을 가지고 퇴비를 만들었다. 한국에서 나무 파쇄기를 들여와 잡초나 나뭇가지를 분쇄해 섞었다. 수소문하여 계분도 사서 섞었다. 그러나 새 발의 피였다. 그러다 지치면 쉬었다.

그러다 보니 운 좋은 놈은 거름을 두 번 받아먹는 놈도 있는가 하면 한 번도 못 받아먹는 나무도 있었다. 그런데 신기한 건 똑같이 잘 자라는 것이다.

이유를 알 수 없었다. 거름이 잘못 만들어졌는지 아니면 주는 양이 적었는지 판단이 서지 않았다. 어쨌든 모두 잘 자랐으니 나무들끼리 우애가 좋아 영양분을 서로 사이좋게 나누어 먹었다고 좋게 생각했다.

망고 비료 주기

열매 맺기 그리고 수확

심은 후 빠르면 3년 차부터 꽃이 피고 열매가 열린다. 4년 차가 되면 대부분 꽃이 핀다. 그리고 그다음 해부터는 나무도 제법 크고 열매도 많이 열려 임대할 때가 되었음을 알려준다. 사실 이때쯤이면 할일은 별로 없다.

♣ 봉지 씌우기

근래 망고에 대한 품질 요구가 커서 그런지 망고에 봉지를 씌우는게 대세가 되었다.

원래 까르밋은 익어도 파란색이다가 먹을 때쯤 노랗게 되는데, 봉지를 씌우면 팔 때도 노란색이어서 더욱 망고 같은 모양이 된다.

아침이면 수백 명의 일꾼이 동원된다. 봉지의 질과 작업자의 정성에 따라서 씌우는 효과가 나타나는 것 같다.

심은 지 3년 차 되는 망고나무

망고 봉지 씌우기

♣ 망고 팔기

망고가 한창 익을 때면 상인들이 농장을 방문한다. 큰손도 있고 뜨내기도 있다. 큰 농장은 대체로 팔기 전에 예약이 되는 수도 있지만, 가격이 폭락할 때는 약속이 지켜지지 않는다. 그리고 뜨내기들은 그냥 공짜로 먹으려 든다.

코로나로 수출에 의존하던 망고 농사는 직격탄을 맞아서 아직도 완전히 회복하지 못하고 있다.

망고 수확, 팔기

♣ 망고나무 임대

대부분 농장주는 망고농사를 직접 하지 않고 1년 단위로 망고나무를 임대하고 있다.

임대인을 소작인이라 한다면 소작인이 1년 동안 농장을 관리하고 수확한 망고를 판다.

임대 기간은 보통 그해 6월에서 다음 해 5월까지고, 농장 전체를 임대하거나 일부만 하기도 한다. 임대 가격은 그때그때 상황에 따라 다른데, 등락이 심하다.

망고 수확, 팔기

♣ 망고 수출

이곳에서 생산된 망고는 종전에는 전량 태국이나 베트남으로 수출되어 관광객에게 팔리거나 가공하는 원료로 사용되었다. 그 후 중국이 베트남 국경을 통하여 망고를 수입하였다.

근래 중국계 공장들이 이곳에 가공 공장을 차리면서 국내 소비도 이루어지게 되었다.

한편 우리나라도 이곳에 검역 시설을 하여 생 망고를 수입하고 있다.

망고 수확, 팔기

🍀 생산량 증대

　문헌에 의하면 망고나무 수명은 접목한 나무는 80년, 실생 수는 100년이라 하며 가장 많이 열릴 때는 한 나무에 10,000개까지 열린다고 한다. 그러니까 나무 자체가 강인하고 잘 가꾸기만 하면 생산량도 무한한 잠재력이 있다는 말이다. 지금까지는 농지를 만들고 그 땅에 나무를 심어서 농장 모양새 갖추기에만 급급했다.

　그러다 보니 나무 하나하나에 대한 관리가 부실할 수밖에 없었다.

　이제부터는 심어놓은 나무를 충실하게 가꿀 때가 되지 않았나 싶다. 그리고 잘 가꾼 망고 한 그루가 도대체 몇 개나 열매를 맺는지 알고도 싶다.

　망고를 키우면서 오래전 중국에서 본 복숭아밭이 자꾸 생각이 났다. 우리나라와 가장 가까운 산동 반도 연태라는 곳에서 청도로 가는 길이었다. 때마침 복숭아꽃이 만발하였다. 그런데 그때가 사람들이 복숭아나무 위에 올라가 인공수정을 하고 있을 때였다.

몇 시간을 달려도 복숭아밭이 끝이 없었고, 사람도 한없이 많이 나무에 매달려서 일을 하고 있었다. 동행한 사람에게 궁금하여 물었다. 복숭아나무가 많은 것은 이해가 가는데 이 많은 사람은 도대체 어디서 동원하느냐고 물었다. 그 사람이 말했다. 비록 복숭아나무가 많지만 실제로는 한 가구당 열 그루 미만이라는 것이다. 그리고 일꾼은 모두 자기 식구들인데 열 그루도 안 되는 복숭아나무를 가꾸어 자식을 대학교까지 보낸다고 했다. 그 사람들이 얼마나 정성을 다하여 가꾸는가를 생각하니 나무 한 그루 한 그루에 신경을 쓰지 못하는 우리 망고나무한테 미안한 생각이 들었다.

망고 가공품(말린 망고) 광고

후추
(Black pepper)

캄보디아 남쪽 해안에 있는 캄폿은 세계적으로 유명한 후추 산지다. 오죽하면 프랑스에서는 식당에 우리는 캄보디아 후추를 사용한다고 간판에 써놓을 정도로 맛과 향이 좋다고 한다.

처음 이곳에 농사를 지으려 할 때 후추농사를 하려 했다. 우리에게도 후추는 알려지기는 했지만, 후추농사 자체는 좀 생소하고 외국에서 지을 농사로는 호기심과 신비함이 있어서 도전할 만하였다. 더군다나 계획을 세우다 보니 예상되는 이익도 어마어마하였다.

고무농사를 포기하고 관상수도 어렵다 생각하던 참에 후추에 대한 생각이 굳어지고 백방으로 수소문하여

후추

궁금한 것들을 알아보았다.

워낙 백지 상태다 보니 계획은 수정에 수정을 거듭하였다. 그러다 드디어 땅을 구하려 후추가 잘 된다는 지역을 답사하기에 이르렀다.

우리가 돌아본 땅들은 말대로 토양이 아주 비옥하고 후추는 물론 아무 작물이라도 잘 되는 그런 땅이었다. 여러 지역을 두루 보고 난 후 마지막에 후추의 본고장 캄폿을 오게 되었다. 두리안과 후추의 고장 캄폿은 과연 황토에다 배수가 잘되었다. 적당하게 불어오는 바닷바람은 후추 재배에 최적지라는 말이 실감 나게 했다. 캄폿을 오기 전에 메못이라는 곳과 캄퐁섬 지역을 보았지만 캄폿을 보고 나니 이곳이야말로 과연 제일 적지라는 확신이 들었다.

우리는 땅을 보러 다니면서도 우리 계획의 허점이 무엇인지를 찾으려고 노력하면서 계획을 하나하나 보완해 나갔다.

마침 나지막한 언덕에 앞에는 바다가 보이는 전망 좋은 곳에 땅이 매물로 나왔다. 열심히 네고한 결과 계약 단계에 이르렀다. 그런데 계약 전날에 부득이 일이 생기면서 농사짓는 일 자체가 잠시 중단되었다. 후추농사를 향해 달리던 기차가 잠시 멈추고 달려온 길을 되돌아보는 기회가 생긴 것이다.

그러다 좀 더 깊이 알아보니 후추농사가 생각보다 쉽지 않다는 문제점이 나타나기 시작했다. 첫째, 후추를 심어서 열매 맺기까지 세심한 배려가 필요하고 특히 병충해 피해가 심각하다 했다. 두 번째는 열매, 즉 후추 관리에 어려움이 있었다.

그러고 보니 캄폿 농장은 소규모이며, 모두 가족 단위였다. 수익이 많은 작물인데도 규모를 늘리지 않는 이유가 있었다. 즉 후추 값이 비싸니까 수확철에 외부인 일꾼들로 인하여 유실이 많다는 것이다. 그래서 믿는 가족끼리만 한다는 것이다.

다음은 가짜와의 전쟁이다. 다른 지역에서 생산된 후추도 팔 때는 전부 캄폿산이라고 했다. 그러다 보니 진짜 캄폿산 후추도 제값을 못 받는 것이다. 거기에 한술 더 떠서 후추와 비슷한 값싼 산초를 후추에다 섞는다고 했다. 산초(piper)는 한약재로 쓰이는데 일 년 내내 열리기 때문에 값이 싸다.

후추나무를 키우는 비료 광고

그리고 초기 투입되는 영농 비용이 우리 계획보다 훨씬 초과되었다.

이런 문제점이 발견되자 후추 재배는 경험이 없는 우리로서는 능력에서 벗어나는 거로 판단되어 포기하기로 하였다. 당초 계획을 세우면서 좋은 점만 앞세우고 문제점은 간과한 것이 후회되었다. 그 후에도 후추에 대한 미련이 남아있었는지 후추에 대한 관련 뉴스나 소문이 있으면 내가 세웠던 계획과 비교해 보고 차이가 있을 때는 실소를 금치 못하고 심한 차이가 날 때는 스스로 창피했다.

그 후 한국 분들이 크게 작게 후추 농장을 하고 있다. 어떤 때는 가서 보고 도움을 주고 싶었지만, 말을 하다 보면 부정적인 말이 나올까 걱정이 되어 주저하게 되었다. 그리고 그때는 우리는 초보자였고 실제 짓지도 않았기 때문에 도움을 주는 것조차 건방이었는지도 모른다. 세월이 지나고 보니 아찔했다.

만약 후추농사를 했다면 지금 이 글을 쓰지도 못하였을 뻔하였다. 파파야에 비하여 돈도 엄청 더 들뿐 아니라 자금 회수도 장기간이라 우리가 준비한 자금으로는 버티지 못할 게 뻔했다.

후추를 계기로 농사는 호기심과 의욕만으로는 안 되고 수익이 많은데 다른 사람은 왜 안 할까 하는 의문을 품지 않고 말만 듣고 추진해서는 안 된다는 또 하나의 교훈을 얻었다.

파파야
(Papaya)

밀림이 개간되어 농지가 조성되자 제일 먼저 파파야를 심었고, 판매 때문에 실패하며 우리에게는 뼈아픈 교훈을 주었다. 다행히 들어간 돈이 생각보다 많지 않아 초기 영농 자금 운영에는 큰 타격이 없었다.

반면에 농사가 생각처럼 만만치 않다는 것과 남의 말이라도 무조건 따르지 말고 꼼꼼히 확인해야 한다는 것을 새삼 깨닫는 계기가 되었다. 앞으로 정신 바짝 차려야 한다는 각오를 단단히 하게 되었다.

열대 지방에서 가장 흔한 과일 중 하나인 파파야는 집 주변에 흔히 많이 보인다. 연중 내내 열리니 집 안에 있는 한두 그루로 심심찮게 간식거리도 되고 음식 재료로도 다양하게 쓰이는 과일이다.

농지가 생기자 무엇을 심을까 결정되어야 했기에 부지런히 심을 작물을 알아보는 중이었다. 직원 한사람이 파파야를 추천하였다. 묘목 값도 싸고 많이 열리면 한 나무에 200개나 된다고 했다. 기르기도 쉽고 워낙 흔한 과일이라 팔기도 쉽다 했다. 무엇보다 우리 마음을 움직인 것은 심은 지 수개월 만에 열매가 열려 팔 수 있다는 것이다. 팔 수 있다는 것은 돈이 들어온다는 말이다. 우리는 그 말에 솔깃하여

파파야

일리가 있다 생각하고 심기로 했다.

프놈펜 묘목 상에 묘목을 주문하니 수량이 많아 놀라는 것 같았다. 그래도 잠자코 주문을 받아주었다. 자기들도 장사니까 괜히 군말할 필요가 없다고 생각한 모양이었다. 그러면서도 한국 사람이니 어련히 이유가 있겠지 하는 표정이었다.

묘목 생산도 생각보다 빨랐다. 묘목이 농장에 오는 날 일꾼들이 그 많은 숫자에 또 놀랐다. 그러나 그들 역시 한국 사람이니 어련히 잘하겠느냐는 표정이었다.

묘목을 임시로 둘 묘목장을 만들고 또 심을 땅을 파는 등 모처럼 세 집은 바쁘고 신이 났다. 캄보디아 날씨를 보니 6월은 우기라 심어도 되는 달이어서 심기 시작했다. 그런데 비가 오지 않았다. 급히 물뿌리개를 준비하고 호스를 연결하고 부산을 떨며 물을 주었다. 일꾼들 손에는 물집이 생겼다.

도청에 근무하는 안면 있는 공무원이 농장에 심어놓은 파파야를 보고 놀랐다. 우리는 가지런히 줄 맞춰 멋지게 심어놓은 것을 보고 감탄하는 줄 알고 우쭐했다. 나중에 생각하니 기가 막혀서 놀란 것 같았다.

또 지금 생각하니 그분은 그때 벌써 우리가 농사 초보자임을 알아차린 것 같았다. 그분은 진지한 표정으로 잘 자라지 않는 약한 놈은 과감하게 뽑아 버리라고 조언했다. 그러나 그때는 "될성부른 나무는 떡잎부터 안다"는 옛말은 우리에게는 통하지 않는다는 것을 증명이라도 하듯이 골고루 빠짐없이 물을 주어 다 같이 정성껏 키웠다.

그러나 이놈들은 마치 고층 아파트와 저층 아파트만큼이나 차이가 벌어지더니 결국 열매도 못 만들고 자연 도태되어 우리를 배신해 버렸다.

♣ 파파야 판매

과연 예상대로 다음 해 1월에 팔기 시작했다.

첫 수확이란 감격도 잠시, 우리가 알던 가격은 우리가 시장에서 사 먹는 가격이었다. 그러니 우리가 시장에 파는 가격은 당연히 싸야 했다.

옆집에서 유통 마진을 줄인 답시고 직원이 프놈펜에 직접 가서 팔았다. 프놈펜에서 예상대로 값은 잘 받았는데 오가는 차비를 빼고 나니 결국 그게 그거였다.

본격적으로 출하가 시작되자 소문을 듣고 상인들이 트럭을 가지고 왔다. 잔뜩 실어놓고 몇십 불만 주겠다는 것이다. 말이 안 된다고 시세대로 달라니까 자기들도 걱정이 된다는 것이다. 이 많은 물량이 다 팔릴지 자신이 없다는 것이다.

묘목값이 싸고 기르기 쉽고 많이 열리는 이렇게 좋은 작물을 왜 현지인은 많이 심지 않았는지를 미처 알아보지 못한 잘못을 저질렀다. 그러니까 팔 데가 없는 파파야를 심은 것이었다.

파파야 열매

파파야

코코넛
(Coconut)

열대지방하면 떠오르는 코코넛 나무는 보기에도 시원하고 이국적인 정취가 있다. 특히 해안에 따라 심어진 코코넛을 보면 더욱 그러하다.

농장을 시작하면서 코코넛을 심고 싶었다. 돈보다는 그냥 보기 좋아서 심고 싶었다.

우리에게 땅을 판 사람 중 한 분이 여자였는데 주변에서 제일 좋은 집을 가지고 있었다. 가끔 들러서 이것저것 물어보기도 하고 쉬어 가기도 했다.

유칼립투스를 잔뜩 심어서 집 주위가 온통 보기 좋은 숲을 이루고 있었는데 한 모퉁이에 코코넛 열매가 버려져 있었고 열매에서 모두 싹이 나 있었다. 내가 집을 짓고 나면 몇 개 가져가서 심겠다고 하니 전부 다 가져가라 했다.

나중에 알고 보니 코코넛이 두 종류가 있었다. 우리가 알고 있는 코코넛은 캄보디아 토종으로 키가 크고 열매도 크다. 또 한 종류는 타이 코코넛인데 키가 작고 열매도 작은데 토종보다 달다. 그래서 빨리 크고 잘 팔리는 타이 코코넛을 주로 심고, 묘목값도 비쌌다.

코코넛 역시 다비성 작물로 충분히 영양 공급이 안 되면 열매 숫자가 점점 줄어든다. 특별히 병치레는 하지 않지만 가끔 굼벵이가 나무 껍질을 뚫고 들어가 기생하면 나무속을 갉아먹어 결국 나무를 죽인다. 소금을 뿌려 방제하지만 쉽지 않다.

굼벵이는 약재로도 쓰이는데 주로 죽은 코코넛 나무에서 많이 채취한다.

코코넛은 나무를 비롯하여 하나도 버릴 것이 없이 사람에게 이용된다. 나무는 목재로, 열매는 음료수로, 음식 재료로, 산업용 원료로, 심지어는 숯으로도 구워진다. 그러나 캄보디아에서는 돈을 벌기 위해 심기 시작한 것은 최근의 일로, 전에는 주로 음료수와 음식 재료에만 사용되었다. 집 바로 옆에 두 가지 종류를 다 심었다.

타이 코코넛
(자세히 보면 나무 위에 사람이 있다)

캄보디아 코코넛을 따는 모습
(따는 사람이 나무에 매미처럼 붙어있다)

코코넛

　토종은 묘목이 공짜라 욕심이 나서 심었고, 타이 코코넛은 혹시 돈이 될까 하고 심었다. 처음에는 잘 자라지 않는 것 같았다. 묘목 상태로 그대로 있는 것 같아 실망하고 또 다른 작물에 관심을 두다 보니 한동안 잊은 것 같았다.

　가끔 생각나면 소금을 가마니로 사서 나무 밑동에 뿌려주었다. 코코넛은 소금을 좋아한다. 수년이 지나자 이놈들이 어느새 커서 열매를 맺고 있었다. 미안하게도 이놈들의 한참 자라던 유년기는 기억을 하지 못하고 있었다.

　어느 날 장사꾼이 리어카 달린 오토바이를 타고 와 코코넛을 사겠다고 했다. 일행은 남자 둘에 여자 한 명인데, 한 사람은 밧줄을 매고 나무에 올라가서 따면 한 사람은 아래서 줄을 당겨 받아주고 여자는 경리를 맡는다. 이들은 오전에 와서 리어커를 채우면 300여 개가 되는데 11시경 끝난다. 오전까지 코코넛을 따서 부지런히 100km나 떨어진 프놈펜에 가서 팔고 나면 하루 일과가 끝난다. 프놈펜 가는 길에서 실수요자를 만나면 돈도 더 받고 고생도 덜 한다. 그런 날은 재수 좋은 날이다. 그건 그렇고 농장 주인 입장에선 참 애매하다.

코코넛을 사러 오는 날은 신경이 쓰인다. 같이 있자니 시간이 오래 걸리고, 그들한테만 맡겨놓자니 마음이 편치 않다. 숫자 세는 것도 헷갈린다. 한 가지에 10개 이상 그렇게 달린 열매를 세다 보니 셀 때마다 틀린다.

나중에 다 따고 숫자를 확인할 때 끝자리는 자르고 돈 줄 때는 마지막 단위도 깎는다. 그럭저럭 100불도 안 되는 돈을 받으려고 오전을 다 까먹는다. 누구는 멸치도 반찬이라고 하면서 푼돈이라도 부지런히 모으라지만 이건 아닌 것 같다.

코코넛 역시 규모 있는 숫자를 심고 충분한 영양을 공급하고 제대로 가꾸고 제대로 된 판매처를 확보하면 과일은 연중 열리기 때문에 오히려 계절 과일보다 유리할 수 있다. 특히 코코넛 용도가 산업용으로 확대되는 추세라 정신 차리고 잘하면 유망한 작물이라 생각된다. 그러나 이런저런 생각 없이 심기만 잔뜩 하면 공급 과잉이 되지 않을까 우려된다.

코코넛을 파는 모습

바나나
(Banana)

여러 종류의 바나나를 그때그때마다 다른 이유로 심어보았다.

처음 캄보디아에 왔을 때 개인 주택을 임대해서 직원들과 같이 숙소로 썼는데, 마당 모퉁이에 경비원보고 바나나를 심으라 해서 얼마 후 열린 것을 먹을 수 있었다.

농장을 개간할 때 가끔 야생으로 자란 바나나가 있었다. 트랙터가 일할 때 바나나를 보면 갈아버리지 말고 뽑아서 집으로 가져오라니까 일꾼들이 좋지 않다고 심지 말라 했다. 그 이유는 바나나를 한 번 심어놓으면 없앨 때 힘든, 골치 아픈 작물이라 했다.

자연농업 책을 보니 바나나 용도가 다양했다.

바나나 줄기는 돼지 사료로 훌륭하고, 바나나로 천혜 녹즙을 만들어 영양제로도 쓰인다 했다. 또 현지인들은 바나나 잎으로 음식을 싸서 보관하거나 불에 굽기도 한다.

망고나무가 아직 어릴 때라 바나나를 망고나무 사이에 간작하기로 했다.

바나나 묘목은 묘목 상에서 팔지를 않아 주변에서 얻기도 하고 일꾼들 품삯 정도만 주고 다른 농장에서 얻어왔다. 심고 나니 잘 자라고 열매도 맺었다. 그런데 과일이 열리는 과단 수가 점점 줄어드는 것이다. 처음 제일 많이 열릴 때는 7단이었다면 그다음은 다섯 단 나중에는 한 단만 달랑 열렸다.

알고 보니 바나나는 다비성 작물로 토질이 아주 비옥하고 비료도 충분히 주어야 계속 잘 열리는 것을 몰랐던 것이다. 그리고 심은 바나나는 인기가 없는 종자라서 팔 수가 없었다. 애초에 팔려고 심은 게 아니었지만, 자연농업 재료로 사용하기에는 너무 많아 돼지에게 먹이니 이놈들이 얼씨구나 하고 먹어 치웠다. 그러자 아리랑 마을은 바나나를 돼지 사료로 쓴다고 소문이 났다.

바나나

문제는 간작 피해였다.

간작은 보통 영양 경쟁을 하지 않는 작물을 심어야 한다. 그런데 망고나무도 다비성 작물인데 같은 다비성 작물인 바나나를 심은 것이다. 비료를 듬뿍 주어 망고와 바나나를 다 살려야 할 필요가 없어 서서히 바나나를 제거하였다. 우려대로 제거한 자리에 뿌리가 남아 계속 새싹이 나와서 귀찮았지만 잘못된 판단에 대한 벌로 생각하고 감수했다.

그 후 바나나 대한 관심이 종자로 이어져 좋은 종자라면 꼭 얻어서 마당에 심고 있다. 집 안이니 가끔 비료가 될 만한 것을 뿌려주고 관심을 가지니 계속 열매가 열렸다. 혼자서 먹기엔 너무 많아 주변에 나눠주면 다들 맛있다 한다.

다비성 작물은 토양이 결정적 역할을 한다. 만약 토양에 영양 공급이 부족하면 비료로 보완해야 하는데 비료까지 주면서 키운 작물이 값이 싸서 비료값이 안 나오면 심을 필요가 없다. 당연한 말인데 실제는 헷갈릴 때가 많다.

잭후르트
(Jackfruit)

과일 중에는 제일 크다. 하나의 무게가 40kg 나가는 것도 있다는데 10kg 정도가 제일 좋은 상품으로 친다. 우리 지역 특산품이라 큰길 도로변에서도 팔고 있다.

언젠가 인근 군부대를 방문한 적이 있는데 도로에 심어진 잭후르트가 가로수로 보기 좋았다. 과일도 따고 가로수로도 손색이 없어 묘목을 구해 농장 안 도로변에 심었다.

그런데 자라면서 포플라처럼 곧장 올라가지 않고 옆으로 자꾸 퍼지는 것이었다. 알고 보니 포플라처럼 곧장 뻗어 올라가는 것은

잭후르트

토종이고 옆으로 퍼지는 것은 개량종인데, 토종은 경제성이 없어 이제 심지 않는다고 했다. 심고 나니 토질에 잘 맞아 잘 자랐다. 문제는 열매가 시도 때도 없이 열려서 파는 것도 시도 때도 없이 팔아야 했다.

어느 정도 팔 물량이 되니까 상인들이 코코넛과 같이 오토바이에 리어카를 달고 사러 온다. 이들은 살 때 전부 무게를 단 후 당연하다는 듯 끝자리는 깎아버린다. 그러다 돈을 줄 때는 애원하는 표정으로 천 단위는 깎아달란다. 그러니까 69kg이라면 60kg으로 계산하고 금액이 69,000원이면 60,000원으로 해서 모두 두 번을 깎는다. 그건 그렇고 이 과일은 일꾼들의 좋은 간식거리다. 많이 열린 것 중 어느 것이 익어서 먹을 수 있는지 일꾼들은 색깔로 또는 냄새로 알고 눈여겨보아 두었다가 익으면 따 먹는다. 그런데 팔 때도 하필이면 다른 일이 바쁠 때 사러 와서 어쩌다 보면 시간은 훌쩍 가고 손에 든 돈은 쥐꼬리만 하다.

그리고 나무 자체가 엄청난 과일을 만들다 보니 영양을 지속해서 공급해 주어야 한다.

어쨌든 이런저런 이유로 영양 공급도 못 받고 팔아도 돈도 되지 않는 천덕꾸러기가 되어버리니 나무도 버티지 못하고 한두 그루씩 도태되어 갔고, 다시 보식을 하지 않자 그 좋던 간식거리는 점점 없어지게 되었다.

잭후르트는 나름대로 장점이 있다. 과일 모양이 이색적이고 맛도 독특한 데다 연중 생산이 되니 적정 규모로 심어서 생과일로도 팔고 가공품을 만들어 시장에 내면 나름대로 수익을 낼 수 있을 것 같다.

잭후르트

요는 잭후르트 자체는 괜찮은데 우리가 집중하지 못하고 어설프게 관리하다 보니 좋은 결과를 내지 못하였다. 지금도 먹고 버린 씨앗에 서 저절로 싹이 튼 것이 자라서 열매를 맺고 있다. 볼 때마다 왠지 미 안한 생각이 든다.

사우어솝
(Soursop)

우리한테는 익숙하지 않은 과일인데 먹어본 사람이나 사진을 보면 '아! 이거구나!' 하고 알아보게 되는 과일이다.

캄보디아에서는 '띠읍 바랑'이라 하고, 한국 이름은 '가시 아노아'라 하는데 역시 익숙하지 않은 이름이다. 건강식품에 관심 있는 분은 '그라비올라'라 하면 알지도 모른다. 사우어 솝(soursop)이란 영어 이름이다.

과일 맛이 독특한데 고급 음료수나 아이스크림 재료로 쓰인다.

우리 농장 주변에서 이 과일을 많이 심는다. 한때 건강식품으로 '그라비올라'라는 이름으로 그 잎이 성인병에 좋다고 난리였다.

이곳에서는 많이 심으면 팔 때가 없어 집에서 한두 그루 심는데, 그나마 열매가 많이 열리면 도로변에서 조그만 좌대를 만들어 놓고 지나가는 차나 사람에게 판다.

집 안에 몇 그루 심었는데 잘 자라고 열매도 잘 열렸다. 그런데 이나무도 다비성 작물이라 거름을 계속 주어야지 수세를 유지하고 열매도 계속 열린다. 소홀히 하면 열매도 줄고 나중에는 나무도 죽어버려서 언제나 싱싱하고 열리지 말라 하여도 잘 열리는 망고나무와는 사뭇 다르다.

집 안에 한두 그루로 족하고, 심어서 돈은 되지 않는다.

사우어솝

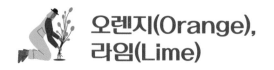

오렌지(Orange),
라임(Lime)

둘 다 오렌지 과인데 하나는 과일이고, 하나는 식품 재료다.

이곳 오렌지는 색깔이 노랗지 않고 초록색을 띠고 있으며, 씨가 있고 맛도 미국 캘리포니아산에 미치지 못한다. 선택의 여지가 없는지 그래도 이곳 사람들은 즐겨 먹는 과일이다. 그러니까 이곳 오렌지는 국내 소비용으로 심는다.

라임은 이곳에서는 팔방미인이다. 현지인 식당에 가면 언제나 생 라임 한쪽이 반찬에 끼워 나온다. 그러면 그걸 국이나 다른 요리에 손으로 짜서 맛을 자기 입맛에 맞게 마무리한다.

또 큰 새우나 게만 전문으로 파는 식당이 있는데 맨손으로 먹기 때문에 먹고 나면 손을 꼭 씻어야 한다. 그때 큰 그릇이나 대야에 손 씻을 물을 주는데 그 물에 라임을 짜 넣어 씻으면 산뜻하게 손을 씻을 수 있다.

이렇게 다양한 용도로 쓰이니 심는 사람도 많고 값도 싸고 파는 데도 문제가 없다.

농장 초기에 오렌지와 라임을 심고 싶었다. 그때는 토양과 작물의 연관성에 대한 이해가 부족했고, 오렌지는 다른 과일보다 고급스러운 이미지가 있어 오렌지 농장을 한다면 멋있을 것 같았다.

라임

라임은 파는 데 걱정 없는 국민 열매니 덤으로 같이 심었다. 둘을 합쳐 7천여 주를 심고 뿌듯해하면서 잘되면 더 심을 계획이었다. 그러나 결과는 비참했다. 오렌지는 자라지 않고 라임은 자라기는 자라는데 열매가 열리지 않았다.

땅과 나무가 궁합이 맞아야 한다는 이야기만 듣고 이를 간과하다 아까운 돈을 잃고 시간 낭비하는 값진 경험을 하였다.

두리안
(Durian)

독특한 향과 맛을 가진 두리안은 캄보디아 남쪽 해안에 있는 캄폿 산을 제일로 친다. 캄폿에서 나오는 수량이 적고 가격이 비싸니 다른 지역에서도 두리안을 재배한다. 그러나 팔 때는 후추와 마찬가지로 모두 캄폿 두리안이라 한다.

두리안을 접한 사람들에 따라 평가가 사뭇 다르다. 잘 익은 캄폿 두리안을 먹어본 사람은 알 수 없는 오묘한 맛과 향에 반하여 서슴없이 과일의 왕이라 부른다. 반면에 어쩌다 오래되었거나 상한 것을 먹은 사람은 이상하게 달면서 구린내가 나는 맛을 보고 그게 진짜 두리안 맛인 줄 알고 주저 없이 악마의 과일이라 한다.

캄폿은 토양이 붉은 황토이고 해풍과 물 빠짐이 좋아 예전부터 후추와 두리안이 재배되었다. 그리고 가격이 비싼데 그만한 이유가 있다. 우선 재배 면적이 한정되어 있어 생산량이 적다. 나무 자체가 까다로워 재배할 때 세심한 주의가 필요하고, 나무 한 그루 한 그루에 관수 시설을 하여야 한다. 관리가 까다롭다 보니 일꾼을 쓰는 것보다 차라리 가족끼리 알뜰하게 하는 게 효과적이라 생각하여 규모가 작다.

두리안   두리안 과육

주변 사람들이 우리 농장 토질이 두리안에 적합하다며 심어보기를 권하였다. 우리 땅이 두리안을 심을 정도로 좋다고 말하니 내심 기분이 좋았다.

반신반의하면서 시험적으로 몇 그루 심었다. 망고 심는 구덩이보다 더 깊고 넓게 파고, 퇴비도 넉넉히 섞었다. 옆집은 아예 큰맘 먹고 구덩이를 1×1×1m로 파고 거기도 퇴비를 섞어 정성스럽게 심었다.

그런데 역시나는 역시나이었다. 이놈이 크질 않았다. 일 년이 지나고 이 년이 지나고 삼 년이 되어도 크질 아니하고 묘목 상태 그대로이었다. 옆집을 보니 잘 자라고 있었다. 우리 것은 거름이 부족해서 그런 줄 알고 퇴비를 아낀 게 후회되었다. 그러나 실제 심었다면 그 많은 퇴비를 어떻게 감당할지 걱정이 되었을 것이다. 사 년째도 그대로 있어 뽑아 버리기로 하였다.

도대체 무슨 맘을 먹었기에 안 자라나 해서 조심스럽게 구덩이를 해체해 보니 놀랍게도 뿌리가 심을 때 묘목 상태 그대로 고스란히 있었다. 더 자라지도 더 줄어들지도 않고 심은 그대로 꼼짝없이 있었다.

다시 시간이 흐르자 옆집 두리안은 계속 컸다. 열매를 기대하면서 모두가 입맛을 다셨다.

열매가 열리면 드디어 아리랑 두리안이 탄생하는 것이다. 그러다 일년이 지나고 이 년이 지나도 열매가 없어서 몇 년 동안 열심히 김칫국만 마시다 결국 포기했다. 만약 남의 말을 듣고 많이 심었으면 어찌 되었을까 생각만 해도 아찔했다.

그리고 원숭이가 두리안을 좋아한다. 수확기가 되면 원숭이가 몰래 와서 못 따먹도록 밤새도록 식구들이 지켜야 한다. 만약 두리안을 심어서 성공했다면 먼 나라에 농사짓겠다고 와서 원숭이 지키는 야경꾼이 된 나를 상상해 보았다. 이것도 토질과 작물이 궁합이 맞아야 한다는 교훈을 새삼 확인시켜 주었다.

망고스틴
(Mango steen)

이 과일은 껍질이 보라색이거나 짙은 흙갈색인데 껍질을 벗기면 마늘쪽처럼 생긴 하얀 속살이 나온다. 맛이 상큼하며 독특한 향과 맛을 낸다. 식민지 시절 빅토리아 여왕이 즐겨 먹었다 해서 과일의 여왕이라고도 한다.

캄보디아에서는 망고스틴이 없다. 전부 태국에서 수입해서 비싸게 팔고 있다. 좋고 비싼 것은 제맛이 나지만 두리안처럼 잘못 사면 맛이 달라져 후회한다.

최근 캄보디아에도 오랄산 쪽이나 메못 쪽에서 재배하고 있다는데 확인이 안 된다. 오래전 농장을 시작할 무렵 건너편 산자락에 망고스틴 수십 그루를 심어서 곧 수확이 된다고 하였다. 그러나 그 후 소식이 없었다.

우리도 두리안과 같이 묘목 몇 그루를 사서 심었다. 결과는 두리안과 같았다.

비싸고 귀한 것은 반드시 그 이유가 있다. 그리고 아무나 하지 못하는 것도 역시 그 이유가 있다.

그런데 아무도 못 하는 것을 자기는 할 수 있다고 착각한다.
착각이라 깨닫게 되었을 때는 이미 그 대가로 돈이 나간 후다.

망고스틴

망고스틴 과육

노니
(Noni)

노니는 이 나라에서 자주 보이는 열매인데 약용으로 쓰이고 있다.

교민 중 한 분이 오래전부터 노니를 이용해 다양한 제품을 만들어 귀국 선물로 팔고 있는데 제품도 깔끔하고 효과도 좋다고 한다.

농장 초기에 어느 날 갑자기 노니가 성인병에 좋다고 매스컴을 타더니 가까운 지인이 노니를 심어 달라 부탁하였다. 서울 어느 제약회사에 납품한다고 했다. 그때는 파파야로 실패한 후라 심어놓고 안 사가면 어쩌나 싶어 비용을 줄이려고 묘목은 제공해 달라고 하였다.

농장 빈 땅에 심고 마당에도 한 그루 심었다. 나무 모양이 보기에 그리 좋지 않고 엉성했는데도 곧장 열매가 열렸다. 열매가 열리자 붉은 개미가 벌 떼처럼 달려들어 열매를 에워싸고 있었다. 마치 자기들 식량 창고처럼 매일 붙어있었다. 약을 치자니 열매가 워낙 굴곡이 심해서 농약이 잘 씻겨 나갈 것 같지 않아 차마 치질 못하였다. 그러던 중 부탁한 지인도 서울과 연결이 안 되는지 소식이 없고, 나도 다른 일에 집중하다 보니 흐지부지되어 나중에 나무를 제거해 버렸다.

대중성이 없는 작물은 심는 사람 입장에서는 참 어렵다. 이럴 때는 계약 재배를 하여 안전하게 판매처를 확보해야 하는데 이런 생각은 어디까지나 심는 사람 입장이다. 사는 사람으로서는 다소 비싸더라도 시장에서 공급받는 게 계약에 얽히는 것보다 더 편하고 쉽다고 생각하는 것이다.

수요에 비하여 공급이 아주 모자랄 때 안정적인 원료 확보를 위해 생산자와 계약 재배를 하게 되는데 사실 그런 아이템은 찾기가 쉽지 않다.

노니 열매

노니

노니 과육

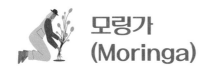

모링가
(Moringa)

이곳 농촌에서는 한 집 걸러 두 집에 한 그루씩 있는 흔하지도 귀하지도 않은 나무다. 아낙네들은 지나가다 잎을 한 줌 뜯어 국을 끓일 때 넣는다고 한다. 그리고 인도에서는 잎을 가축 사료에 섞어 질병 예방에 쓴다고 한다.

어느 날 갑자기 한국에서 모링가 붐이 일어났다. 고혈압, 당뇨 등 성인병에 특효라는 것이다. 나는 모르는데 일꾼이 우리 농장에도 여기도 있고 저기도 있다는 것이다.

모링가 나무를 보니 버드나무같이 생겼고, 잎사귀도 아카시아처럼 생겨서 우리나라 나무를 보는 것 같아 친근감이 갔다. 그러니까 여기서는 이미 다 아는 익숙한 나무고 용도도 알려졌는데 우리나라만 이제 알고 야단법석인 것이다.

우리 농장에도 모링가를 심어 달라는 주문이 왔다. 묘목상에는 발빠르게 벌써 묘목이 나왔다. 비싸지도 않았다 그도 그럴 것이 씨만 묻으면 싹이 나오기 때문이다.

집 안에 몇 그루, 농장 경계선과 개울 둔덕에 200여 그루를 심었다. 무척 빨리 크고 꽃이 피고 열매가 열렸다. 첫해는 잎이 무성하다가 다음 해에는 잎은 적고 열매만 계속 열렸다. 열매를 따서 찾아오는 분께 나누어 주면 좋아했다.

모링가 역시 유행을 타더니 수그러들었다. 만약 수익을 생각하고 많이 심었으면 팔 데가 없어 낭패 볼 뻔하였다.

마당에 심은 모링가, 가지치기를 여러 번 하다

카싸바
(Cassava)

카싸바를 지역에 따라 메니옥(Maniok)이라고 부르기도 하고, 카싸바를 가지고 만든 식품원료를 타피오카(Tapioca)라 부른다. 무역 거래에 있어서는 카싸바는 원료이고, 타피오카는 제품이어서 엄격하게 구분하지만 보통 카싸바를 타피오카라 하기도 한다. 마치 벼를 도정하면 쌀이 되는 것과 같다고나 할까.

동남아 지역에서는 오래전부터 식량으로, 녹말 원료로, 사료용으로 카싸바를 재배해 왔다. 근래에는 국제유가가 급등하자 대체 연료로도 관심이 높아졌다. 수년 전 우리나라 대기업에서 식량 확보 차원에서 캄보디아 정부로부터 대규모 토지를 임차하여 재배를 시도하였고, 또 카싸바를 원료로 바이오 연료인 에탄올을 생산하여 수출하는 기업도 있었다.

우리 농장에도 카싸바를 재배한 적이 있다. 한국분이 인도네시아에서 카싸바 농사를 하고 있었는데, 한국 종합상사와 대규모로 카사바를 재배할 계획을 가지고 있었다. 인도네시아는 최대 카싸바 생산국으로, 그 나라에서는 카싸바를 주식으로 할 만큼 그들에게 익숙하고 재배 기술, 품종 개량 등에 있어서 가장 앞서가는 나라였다. 다만 재배할 농지가 그 나라에서는 이미 포화상태라 다른 나라에서 대안을 찾던 중 캄보디아를 주목하게 되었다.

마침 농장에 빈 땅이 있어 40ha를 그들에게 실험 농장으로 임대해 주기로 했다. 그때 인도네시아에서 획기적으로 생산량이 증대되는 새 품종이 개발되었는데 자기 나라에서 경작하면 새 종자가 다른 경쟁자들에게 유출될 염려가 있다고 아예 나라가 다른 우리 농장에서 시험 재배하여 성공하게 되면 캄보디아에서 농지를 확보하여 대규모로 경작하려는 계획이었다.

종자가 수입되고 순조롭게 심어지고 잘 자랐다. 문제는 수확에서 발생하였다. 땅에 숨겨있는 고구마 같은 카싸바를 끌어내는(수확) 방법은 나라마다 다른데 일반적으로 트랙터로 갈아엎는 방법을 쓴다. 그런데 우리 땅은 다른 지역보다 땅이 굳어서 한 번에 수확이 되지 않았다.

땅속에 남아있는 카싸바를 수확하려고 다시 갈면 그때도 카싸바가 나오고 세 번째 갈아도 계속 나왔다. 결국 깊이 숨겨져 있어 수확 비용이 많이 들게 되어 경쟁력이 없게 되었다. 그러다 보니 다수확 품종의 캄보디아 시험 재배는 무의미하게 되었다. 심기 전에 좀 더 토질을 살펴보고 거기에 맞는 수확 방법을 생각하고 진행했으면 하는 아쉬움이 있었다.

그러는 과정에서 우리는 카사바에 대한 문제점을 알게 되었다. 문제는 국가 간의 경쟁력이었다. 세계 여러 나라가 카싸바를 경쟁적으로 경작하고 있다. 누가 가장 값싸고 많이 생산하느냐가 곧 경쟁력인데 인도네시아는 그런 의미에서 카싸바 최대 생산국이면서 최고 경쟁력을 가지고 있었다.

우리는 트랙터가 많이 갈아야 하루 5ha인데 거기는 50ha를 간다고 한다. 단 한 번 갈아도 80%를 수확하고 지역마다 건조장이 있어 수매에 따른 분쟁이 없다. 사실 캄보디아는 수확 비용뿐 아니라 수매에 대한 분쟁이 자주 일어난다. 즉 수확한 카싸바는 중량으로 거래되는데 수분 함량에 따라 금액이 달라지기 때문에 항상 사고파는 사람들 사이에 시비가 따른다. 엄연히 기준이 있는데 자주 돌발 변수가 생겼다. 비 오는 날은 파는 사람이 유리하고, 해가 쨍쨍하면 사는 사람이 해피하다. 또 가격 등락이 심하여 심을 때 가격이 좋다가도 수확할 때 가격이 폭락하면 그해 농사는 망치게 된다.

우리 지역에도 그때쯤 카싸바 붐이 일어나 모두가 빈 땅에 카싸바를 심었다. 가격이 좋다는 데만 정신이 팔려 무작정 심은 것 같다. 그러다 가격이 떨어지자 아무도 심지 않았다. 그 후 가격이 올라도 한 번 혼이 나서 그런지 다시 심는 사람이 없다.

지금도 여전히 어느 나라 어느 지역이든 카사바를 심고 수확한다. 불행하게도 우리 지역만은 재배할 수 있는 여건이 안 되는 것이다. 만약 우리 지역에서 카싸바 재배에 성공하려면 우선 우리 땅에 가장 효과적인 수확 방법을 찾아야 하고, 건조시설을 만들어 수분 함량에 따른 분쟁을 없애고 가격 등락에 따른 리스크를 줄이기 위해 안정적인 판매처를 확보하는 등 전반적인 여건이 갖추어진 후에나 가능할 것으로 보인다.

이런 일은 농민 혼자서 힘쓴다고 될 일이 아니다.

옥수수
(Yellow cone)

옥수수는 이곳에서 식용으로는 일반 농가에서 조금씩 심고, 사료용은 대량 재배한다.

차를 타고 가다 보면 대로변에 큰 솥을 걸어놓고 옥수수를 쪄서 팔고 있는데 생각보다 맛이 좋다.

우리나라 국제옥수수재단에서 이곳 캄보디아에 옥수수 연구단지를 조성하고 품종 개량사업을 하고 있고, 우리 지역에도 강원도 농촌진흥청에서 파견된 옥수수 전문가가 현지인에게 옥수수 농사를 지도하고 있었다.

또 얼마 전에는 우리 농장 인근 한국 농장에서 한국에 처음으로 사료용 옥수수를 수출하였다는 소식을 듣고 반갑고 놀라웠다. 왜냐하면, 국제 옥수수 거래는 품질 관리가 까다롭다. 옥수수에 수분이 많으면 곰팡이가 슬어 사료로 사용할 수 없기 때문에 건조시설이 필수인데 이런 시설 없이 자연 건조로 검역에 통과되었다니 얼마나 힘들었을까 생각되어서다.

슈퍼 옥수수 개발자인 국제옥수수재단의 김순권 박사가 농장을 방문하여 개량된 새 품종을 주고 갔다. 품종 개량된 씨앗은 일단 정부 관리 하에 엄격하게 통제되는데 정부의 양해를 받아 조금 나누어 주는 거라 했다.

여기 방식대로 심고 나니 잘 자랐다. 옥수수를 키워본 적이 없어서 일꾼에게 자라는 상태가 어떠냐 하니 이 정도면 괜찮다고 했다. 문제는 수확에 있었다. 옥수수에서 알갱이를 분리해야 하는데 까는 도구가 없어 손으로 까는데 이게 하세월이었다. 뚜렷한 목표 없이 한번 심어보라니까 심어놓고 대책 없이 수확까지 온 것이다. 다행히 수량이 많지 않아 며칠 만에 끝났지만, 인력 낭비라는 생각을 떨칠 수가 없었다.

강원도에서 파견된 전문가가 여기서 심어 수확한 강원도 찰옥수수라고 얼마를 주었다. 맛이 좋았다. 다 먹지 않고 남겨서 일꾼들에게 집에서 심어보라 하고 나도 심었다. 잘 자라고 따서 먹은 거 같은데 그 후는 별 기억이 없다.

옥수수에 대하여 정리하자면 이렇다.

사료용은 넓은 농지와 건조장 등 부대시설을 갖춰야 하기 때문에 개인 농사로는 벅차다. 식용은 수요가 적고 아무리 맛있다 해도 소비에 한계가 있다. 그러므로 이것도 저것도 우리한테는 맞지 않았다. 다만 한국 사람이란 인연과 호의로 우리에게 도움을 주었지만, 수입에는 도움이 되지 않았다.

어찌 살면서 이익만 따질 수가 있는가를 생각해 보고 지금도 호의를 베풀어준 그분들께 고마운 마음을 가지고 있다.

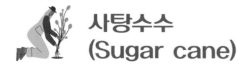

사탕수수
(Sugar cane)

농장 초기에는 캄보디아가 설탕을 태국이나 베트남에서 수입한 것 같다. 설탕공장이 없어서 사탕수수를 안 심었는지 사탕수수가 없어서 공장이 없는지는 알 수가 없다. 그때는 사탕수수는 일반 농가에서 사탕수수 주스용으로 조금씩 재배되었다. 그러나 최근 들어 외국계 회사가 설탕 공장을 짓고 일부 기업에서 정부로부터 사탕수수 재배용 토지를 임차하여 본격적으로 재배하고 있다.

옆집에서 빈 땅이 있을 때 주변에서 사탕수수를 심으면 상인들이 찾아와 사기 때문에 팔기도 쉽고 사탕수수 대 한 개에 얼마씩이라 계산하기도 쉽다고 심어보기를 권했다.

호기심이 생겨 인근에서 재배되고 있는 농장에 보러 갔다.

묘목은 사탕수수 대 마디를 잘라 만드는데 심는 과정이 망고처럼 간단하지 않고 따로 묘목장을 만들어 싹이 난 후 다시 정식으로 심고 있었다. 심고 나니 사소한 문제가 생겼다.

자라면서 마디가 굵어지고 키가 커 가는데 키가 클 때마다 마디에서 나오는 껍질이 쌓이면서 말라버리자 불이 날까 전전긍긍하였다. 그

동안 하도 화재를 많이 당해봐서 긴장하고 있었는데 마치 불쏘시개를 안고 있는 셈이 되었다.

어느 정도 자라자 상인들이 사러 왔는데, 주로 사탕수수 주스를 만들어 파는 사람들이었다. 이들은 하루 자기 팔 만큼만 사 가는데 수량도 적고 좋은 것만 쏙쏙 골라서 잘라갔다. 사는 사람들이 시도 때도 없이 오니 다른 일을 하는 데 지장 있고, 일일이 수숫대를 세어서 받는 돈은 푼돈이었다.

파파야 파는 것으로 혼났는데, 이번에는 사탕수수 구멍가게 하느라고 혼난 격이 되어버렸다.

고무나무
(Rubber tree)

캄보디아에서 농사를 짓게 된 동기가 고무나무 농장이었다.

교민 중 한 분이 친구와 내가 한국에 간다니 그러지 말고 고무농장을 하라고 권하였다. 고무농사는 이미 프랑스 통치 시절에 시작한 거라 모든 게 검증되고 체계화되어 있어 별다른 리스크가 없고, 영농 자금은 많으면 큰 농장하고 적으면 땅을 사서 작게 시작하면 된다고 하였다. 그분이 권하는 취지는 농장을 사서 거기서 나오는 수입으로 노후를 편하게 살라는 것이었다.

그때는 고무나무 농사 자체보다는 이 나라에서 농사를 짓는다는 데 더 관심이 있어 이참에 친구와 고무농장이 집중되어 있는 캄퐁톰과 캄퐁참 지역을 돌아보았다.

고무나무 원액 채취

돌아보니 좋은 땅은 이미 농장으로 조성되어서 가격이 비싼 대신에 수입은 안정되어 있었다. 새로 심을 땅을 보니 왜 아직도 심지 않았는지를 알 것 같이 위치나 토질이 기존 농장과 차이가 났다. 그리고 실제 농장 상태를 보니 오래되어서 그런지 활기가 없고 일꾼들도 타성에 젖어 나태해 보였다. 또 매일 채취하는 고무 원액 관리도 쉽지 않아 보였다.

다시 원점으로 돌아가 고무나무 농사를 할까 말까를 결정하게 되었는데 이 농사는 우리가 도전할 만한 동기나 흥미가 없어 포기하기로 하였다.

그 후에 어떤 묘목상이 베트남에서 척박한 땅에도 수확량이 많은 획기적인 품종을 개발했다고 묘목을 팔고 있었다. 그때는 작물한테는 토양이 굉장히 중요하다는 것과 아무리 종자가 좋아도 한계가 있다는 것을 절실히 느끼고 있었던 터라 제발 사람들이 거기에 현혹되지 않았으면 했다.

고무나무 원액 채취

짜트로파
(Jatropa)

이곳에서는 '로홍 꽝'이라고 불리는 나무인데, 피마자처럼 열매에 기름을 많이 함유하고 있다. 이곳에서는 작물로는 심지 않고 일부 농가에서 열매에서 나오는 냄새를 짐승들이 싫어해서 짐승을 집 안으로 못 들어오게 하는 울타리용으로 심고 있었다.

국제유가가 상승하면서 바이오 연료에 관심이 높아지자 자트로파가 관심을 받기 시작했다. 한국에서는 자트로파 농장을 분양하는 광고가 나가고 광고에 나타난 수익률도 대단하였다.

모 기업에서 사업 다변화 차원에서 캄보디아에 수천 핵타의 땅을 임차하여 자트로파를 재배하기로 하였다. 마침 이 프로젝트 책임자가 아는 분이라 마음 편하게 조언을 할 수 있었다. 이분은 아주 스마트한 분이라 캄보디아 실정을 금방 이해하고 이에 맞추어 합리적으로 사업을 준비하고 착착 진행해 나갔다. 나도 처음 이 프로젝트가 무모한 것이 아닌가 하는 의아심도 있었지만 추진하는 과정을 보니 되겠구나 하는 생각도 들게 되었고, 결과를 흥미롭게 지켜보았다.

본사에서 우수한 인력을 지원받고 한국에서 농사 전문가가 와서 도와주고 현지에 똑똑한 직원을 뽑아 필요한 자재나 재료를 아낌없이 쓰는 걸 보고, 우리는 돈 때문에 하지 못한 걸 수월하게 하는 걸 보고 한편 부럽기도 하였다.

그러나 아쉽게도 회사 경영진이 바뀌면서 기존 사업에만 집중한다는 방침이 결정되면서 자트로파 프로젝트는 중단되고 캄보디아에서 철수하게 되었다. 초기 투자가 상당하였음에도 과감하게 포기한 결단에 내심 감탄하였다.

또 얼마 되지 않아 국제유가가 안정되고 이 사업의 허구성이 하나하나 드러나자 철수 결정이 얼마나 신의 한 수였나 내심 놀라웠다. 그러나 그때는 그분들은 몰랐을 것이다. 왜냐하면, 자트로파가 문제점이 많다는 것을 안 것은 한참 후였으니까.

당연한 말이지만 유가가 내려가면 자트로파는 천덕꾸러기가 된다. 값이 떨어지면 휴작을 해야 하는데 다시 시작하려면 그동안 자란 잡초나 속성수들을 모두 걷어내고 새로 심어야 한다. 그때는 새로 개간하는 만큼 비용이 든다.

그리고 척박한 땅에도 잘 된다고 하여도 비옥도가 떨어지는 땅에 심었다면 이를 보충하기 위하여 많은 비료가 필요하였을 것이고, 이는 바로 원가에 영향을 미쳤을 것이다. 왜냐하면, 열매 작물은 기본적으로 영양 요구가 많고, 척박한 땅이라면 자라기는 하되 수확량이 적을 것이 뻔하니 말이다.

더 결정적인 문제점은 수확이다. 덩굴에 달린 열매를 손으로 일일이 딸 수밖에 없는데 하루 한 사람이 따는 양은 한정되어 있어 수많은 인력이 필요하다는 것이다. 다른 나라는 바닥에 비닐을 깔고 헬리콥터가 바람을 일으켜 떨어지게 한다고 하였다.

유가가 안정되면서 자트로파 재배는 하나의 헤프닝으로 소리 없이 사라졌다.

새로운 작물을 시도할 때는 충분히 사전 검토를 해야 한다. 또 가장 큰 전제가 검증된 작물이어야 한다. 때로는 그 검증을 자기가 스스로 하려고 한다. 그건 위험한 생각이다. 만약 실패하였다면 시간과 비용은 고스란히 자기가 감당해야 한다.

나는 자트로파를 재배하기로 한 그 기업의 결정은 성급했다고 생각된다. 반면 투자액이 상당하였음에도 불구하고 과감하게 철수를 결정한 것은 현명한 판단이었다고 본다.

침향나무
(Zan chrisna)

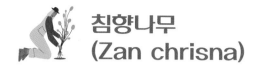

    어느 날 갑자기 한국에서 침향목 분양 광고가 났다. 알고 보니 분양 장소가 우리 농장에서 고개 하나 너머에 있었다.

    일꾼 한 사람이 거기서 일하다 돌아왔는데 한국 사람은 참 이상 하다고 했다. 우기 때면 비 때문에 매년 쓸려 내려가는 땅에 침향나무 묘목을 심는다고 했다. 나중에 침향목 분양이 무슨 이유인지 무산되고 동네 일꾼들이 밀린 임금을 못 받아 프놈펜으로 매일 돈 받으러 다니는 소동이 벌어졌다.

    농장 초기에 교민 한 분이 침향목 묘목을 어렵게 구했다고 나중에 큰돈이 되니 잘 가꾸라 하여서 앞마당에 심었다. 잘 자랐다. 도청에 근무하던 공무원이 집에 들렀다가 나무를 보고는 지금 가치가 50불은 되겠다 했다. 그리고 얼마 후에 200불은 되겠다 했다.

    그분 주선으로 인근 침향유 채취 공장을 가보았는데 침향목을 장작처럼 쪼개어서 찌면 나중에 파이프를 통해서 기름이 나온다고 했다. 1년에 1L 정도 나온다고 했다. 너무나 엉성한 시설에 제대로 기름이 나오겠나 싶었다.

그런 후 갑자기 캄보디아 전역에 침향목 재배 바람이 불었다 너나 나나 할 것 없이 주변에서 심는 것이 눈에 띄었다. 또 소문에 어느 재벌은 산 전체에 수십만 그루를 심었다고 했다.

지인 한사람이 어렵게 구했다고 묘목 수십 그루를 주고 갔다. 며칠 후 묘목을 예약했다며 우리 것도 같이했다 한다. 그래서 망고 사이에 간작으로 심었다.

재배 붐이 나자 정부에서 심지 못하도록 금지령이 내렸다고 한다. 무슨 이유인지 기억은 나지 않지만, 우리가 알아보니 묘목 상태에서는 기름이 나는지 여부가 확인이 안 된다고 다른 사람들 말에 현혹되지 말고 심지 말라 했다.

그 후 열기는 식고 돈 벌었다는 소문은 없고 나무는 한두 그루 죽어 가기 시작했다. 인근 현지인 농장에도 많이 심었는데 잘 자란 나무도 있지만 대부분 죽었다.

침향나무가 쉽게 죽는 이유로 어떤 이가 원래 이 나무는 야생으로 깊은 산에 혼자 자라는데 정식으로 줄을 맞추어 심으면 스트레스를 받아 죽는다고 했다. 약초꾼이 산삼을 발견하듯 밀림에서 이 나무를 발견하게 되면 서로 자기 것이라고 다툼이 생겨 어떤 때는 살인까지 난다 했다.

침향유의 용도는 이슬람교도들이 그들의 성전에 들어갈 때 이 기름을 꼭 바른다고 했다. 그래서 수요가 많고 비싸다고 한다. 지금도 마당 앞에 침향목이 있다. 두 그루 중 한 그루는 일찍 죽고 하나는 자꾸 커서 여러 번 가지치기를 하였다. 그 공무원 말대로면 지금쯤 몇천 불은 갈 것 같은데 사려는 사람이 없다.

침향목 재배 소동의 교훈은 아무리 좋더라도 확인하고 남의 말에 부화뇌동하지 말아야 한다는 것이었다.

마당에 심은 침향나무, 옆으로 자꾸 번져서 가지치기를 여러 번 하다

대나무
(Bamboo)

캄보디아에도 대나무가 많다.

우리 농장에서 가까운 끼리룸 국립공원의 어느 지역은 온통 야생 대나무로 뒤덮여 있다. 그리고 열대 지방이니 다른 지역도 당연히 많을 거라 생각되었다.

우리 농장에도 낮은 지역에는 대나무가 서식하고 있었는데 사실은 골칫거리였다. 뿌리가 덩어리로 되어있는데, 그 덩어리에서 여러 대의 새싹이 나온다. 베어버리면 다시 나고 해서 대나무를 완전히 없애려면 덩어리가 커서 중장비를 동원하여 통째로 들어내어야 했다. 오래전에 어느 교민이 대나무 숯을 만들어 한국으로 수출하려다 못하였고 최근에는 현지인이 죽순 채취를 위해 대나무를 심는다고 했다.

최근 중국에서 대나무 가공 공장을 하는 가까운 지인이 캄보디아의 대나무 서식 상태를 알고 싶다고 했다. 캄보디아 대나무가 경쟁력만 있으면 중국과 더불어 이곳에도 가공 공장을 만들어 생산 거점을 다양화하겠다는 것이다.

그분 주선으로 먼저 중국 대나무 가공 공장을 돌아볼 수 있었다. 오래전에 한국에 있을 때 대나무 제품을 미국으로 수출한 적이 있었는데 그때와는 완전히 달라져 있었다. 그때는 대나무 젓가락 등 단순 가공품인데 반해 지금은 제품도 엄청 다양할 뿐 아니라 앞으로 성장 가능성이 높은 친환경제품들을 쏟아내고 있었다.

그보다 더 놀란 것은 대나무의 무진장한 공급 능력이었다. 중국 대나무는 1년에 6m 씩 자라고, 그 길이는 생산에 투입되는 가장 경제적인 사이즈라고 하였다. 그러니까 나무를 일 년마다 수확하는 꼴이었다. 그것도 새로 심는 게 아니라 저절로 자라는 것이다. 짧은 시간에 중국 남쪽 3개 성을 차로 다녔는데 온통 대나무밭이었다.

미국에 있는 조카도 동행하였는데 공장 시설과 제품을 살펴보고 미국 수출 물량을 지금보다 더 늘려보려는 계획이었다. 중국에 다녀와서 두 나라 대나무를 비교해 보니 우선 종자가 다른 것 같았다. 캄보디아 대나무는 하나의 뿌리가 덩어리를 이루면서 여러 개의 대가 경쟁적으로 자라니 굵기와 길이가 한계가 있다. 중국 것은 굵고 곧게 자란 것이 무술영화에

대나무

서 주인공이 대나무를 딛고 휙휙 나르며 칼싸움하는 그런 나무였다.

그러나 이런 실태는 우리 지역만 그럴 수도 있어 대나무를 잘 안다는 교민에게 캄보디아 다른 지역을 알아보고 안내를 부탁했다. 그 후 우리는 캄보디아에서 다시 만나 이곳 대나무 서식 상태를 같이 알아보았다. 동행한 중국분과 우리는 오랄산과 캄퐁톰 그리고 라오스까지 다녀왔다.

결과는 모두 경제성이 없는 천덕꾸러기 야생 대나무뿐이었다. 같은 뿌리에서 제일 잘 자란 나무도 그 지름이 중국 대나무의 절반도 되지 않았다. 나는 새삼 "백문이 불여일견"이란 말이 떠올랐고, "우물 안의 개구리"란 말이 생각났다. 대나무를 통하여 얻은 교훈은 세상은 넓디넓고 꼭 알아야 할 것은 말로만 듣지 말고 직접 확인하라는 것이었다.

대나무

밭벼

밀림이 개간되어 농지가 되면 일꾼들이 이 땅에는 무얼 심는 게 좋다고들 한마디씩 한다. 어떤 때는 자기들끼리 무엇이 좋다고 논쟁을 하기도 한다.

그러나 그들이 의견 일치를 보았더라도 그건 그들의 생각이고 주인의 생각은 다르다. 주인 입장에선 심는 비용도 알아보고, 나중에 팔아서 들어오는 수입도 생각하는 등 이것저것 따지다 보면 결국 일꾼의 제안은 거의 채택이 되지 않는다.

그런데 나는 모르겠는데 그 땅을 보면 그들은 한결같이 밭벼 심을 자리라 한다. 볍씨도 싸고 사람 손도 많이 필요 없을 것 같아 잘못되어도 큰 손실은 보지 않을 것 같아 심었다. 일꾼들은 신났다. 마치 고향 친구를 만난 것처럼 능숙하게 알아서 잘 가꾸었다. 그리고 잘 자랐다.

문제는 수확이었다. 자기들끼리 어쩌고저쩌고하더니 숲에 가서 나무를 베서 무엇을 만들었다. 타작 기구였다. 만 년 전 원시인이 사용하던 타작기를 박물관이 아닌 우리 농장에서 보았다. 웃기는 건 볏짚에서 타작한 벼에서 가라지를 걸러내는 데 바람을 이용하는데 바람이 없으면 앉아서 놀고 있다. 나는 아차 싶었다. 순간적으로 벼값보다 인건비가 더 든다는 계산이 나왔다. 할 일은 많고 수확은 더뎠다. 볏짚이 산만큼 쌓였다. 쌓인 볏짚을 보고 나는 일꾼들 보고 불조심하라고 주의를 주었다.

그러자 그다음 날 다른 데서 번져온 불로 모두 다 타버렸다. 몽땅 타고 남은 잿더미가 한 줌도 안 되었다.

사실 벼를 심은 이유는 볏짚으로 퇴비를 만들 계획이었다. 수확을 얼마 했는지 기록이 없다. 아마 밭벼는 쌀 중에 제일 싸기 때문에 팔지 않고 차라리 돼지 사료로 쓴 것 같다.

가장 농사의 기본인 쌀농사를 중요하지 않게 생각하고 준비 없이 심은 결과는 고스란히 실패로 돌아갔다. 밭벼로 나는 원시시대를 체험했다.

밭벼

뽕나무
(White Mulberry)

캄보디아에서 뽕나무를 심는 것은 열매보다 양잠을 하기 위해서다. 옛날에는 이 나라도 실크 산업이 한창 번성했다 한다.

농장 인근에 누에를 키우는 농가가 있다 해서 호기심에 가보았다. 일본 NGO에서 지원하는 프로그램에 참여하는 농가인데 시설이 열악하고 활기가 있어 보이지 않았다. 아마 지원금을 바라고 마지못해 하지 않나 하는 생각이 들었다.

이렇게 농장 초기에는 꼭 그 작물을 한다기보다 여러 가지 작물에 대하여 알고 싶은 호기심이 많았다. 양잠도 우리한테는 안 맞는다고 생각했다.

수년 전 『뽕잎 건강법』 저자 이완주 박사가 농장을 방문하여 뽕나무, 특히 뽕잎의 효과에 대하여 알려주었다. 그럴듯하여 토종 뽕나무를 수백 그루를 구해서 돈사 앞에 심고 집 안에도 수십 그루 심었다. 잘 자라서 수시로 뽕잎을 채취하여 환도 만들고 가루를 밥을 지을 때 섞었다. 환을 직접 만든 건 서울에서 뽕잎 환이 비싸기 때문이다.

또 서울 가서는 이완주 박사한테 한국 뽕나무 묘목을 몇 그루 구해서 가져와 마당에 심었다. 어렵게 구한 한국 뽕나무는 자라기는 하는데 땅이 낯설어 그런지 힘들게 버티는 것 같았다. 이국땅에서 견디는 모습이 꼭 내 처지 같아서 속으로 힘내라고 응원하면서 열심히 가꾸었는데 점점 수세가 약해지더니 결국 죽고 말았다. 구해준 정성을 생각해서 꼭 살리고 싶었는데 안타까웠다.

지금도 뽕잎으로 만든 환을 계속 복용하고 밥에도 섞어 먹는데 그래서 그런지 잔병치레는 하지 않는 것 같다.

농장을 방문하는 사람에게는 캄보디아에서 적은 돈으로 건강을 지키는 방법이라고 열심히 뽕잎 건강을 설명해 주는데, 관심을 보이면 환을 나누어 주거나 뽕나무 자체를 나누어 주었다. 돈사 주변에 심은 뽕나무에서 나온 뽕잎을 돼지 사료에 섞어 먹이곤 했는데, 농장에 불이 나는 바람에 뽕나무가 몽땅 타버렸다.

앞마당에 만약 빈 땅이 있으면 한두 그루 심는 것을 권하고 싶다.

피마자
(Castor)

농장 개울 옆 둔덕에 피마자가 자라고 있었다. 트랙터로 몇 번 갈아 엎었는데도 계속 다시 싹이 났다. 알고 보니 몇 년 전에 어느 민간 후원 단체에서 땅 주인과 피마자 재배 계약을 맺고 씨를 지원받아 파종하였다 한다. 나는 이해가 되지 않았다. 도대체 농지도 아닌 황량한 밀림에 씨를 뿌린 것도 황당하고, 지원 단체에서 현장 확인조차도 하지 않는 것이 이상하였다.

그건 그렇다 치고 이놈들이 얼마나 생명력이 강하면 수년째 새싹이 나오기를 반복한다. 더 자세히 알아보니 피마자도 척박한 땅에도 잘 자라고 잎도 무성하나 문제는 토양이 안 맞으면 열매가 부실하다고 한다. 피마자 열매는 기름 함량이 높은 작물인데 기름이 적으면 경제성이 떨어진다. 피마자 기름은 공업용으로 많이 쓰이는데 경제적인 단위가 되려면 상당히 넓은 땅을 가지고 경작하거나 주변에 같이 심는 사람이 있어야 일정한 물량이 확보되어 거래가 이루어질 수 있다고 한다.

카레
(Curry)

이것은 어처구니없는 헤프닝이었다. 하루는 누가 찾아 왔다. 인도계 싱가포르 사람 두 사람인데 돈분을 사겠다고 했다. 그런데 '분'의 영어 단어가 하나만이 아니었다. 그 사람들이 표현하는 단어를 내가 못 알아듣고 내가 아는 단어는 그 사람들이 못 알아들었다. 손짓 발짓 끝에 의사소통이 되었다.

그 내용은 자기들이 카레를 심으려는데 퇴비로 돈분이 필요해서 사러 왔다는 거였다. 사람들이 시원시원하고 예의도 있어 호감이 갔다. 같이 외국에서 농사를 지으니 공동 관심사가 많았고, 우리가 먼저 왔으니 도와주고 싶었다.

자기는 직접 농사를 짓지 않고 대신 지어주는 사람에게 카레 종자를 제공한다고 했다. 이야기 도중 나는 인도는 땅이 엄청 넓은데 어째서 캄보디아까지 와서 농사를 지으려 하느냐니까 웃으면서 인도는 땅도 넓지만, 인구는 더 많다고 한다.

마침 옆집에 빈 땅이 있어 임대하기로 했다. 농사를 지을 사람이 정해졌는데 무슨 농사든 자신 있다고 장담하는 사람이었다. 건기가 시작될 무렵에 시작한다기에 나는 농사를 지을 사람한테 심을 때는 문제 없지만 자랄 때 물이 없으면 어떻게 하느냐고 걱정이 되어 물어보니까 물을 주면 된다고 대수롭지 않게 대답했다. 여러 사람을 동원하여 카레를 심는 날에는 인도 방송에도 나왔다고 자랑하였다. 방송 내용은 한국과 인도가 캄보디아에서 농업 분야에 서로 협력하기로 했다는 거창한 내용이었다.

건기가 시작되기 전에 심어 싹은 정상적으로 나왔지만 이제 막 자라기 시작할 때 물이 필요했다. 옆집에서 파키라를 심을 때 물 때문에 고생한 걸 알고 있었던지라 어떻게 대처하나 걱정이 되었다. 물을 주어야 할 때가 되자 여러 사람을 동원하여 연못에 있는 물을 펌프로 퍼 올려서 물을 주기 시작했다. 삼사일이 지나자 큰 연못 두 개가 말라버렸다. 물이 없으니 카레도 말라 죽었다.

만 평이 넘는 카레 밭을 앞마당 채소밭으로 생각하고 안이하게 대처한 결과가 모처럼 캄보디아에 진출하여 성공해 보려던 사람을 실망시키고 손해를 끼쳤다.

관상수

캄보디아에서 농사를 지어 한국으로 가져갈 아이템이 무엇인가 알아보는 과정에서 관상수를 알게 되었다. 마침 지인이 외국에서 관상수를 수입하고 있어 많은 도움이 되었다.

한국에서는 주로 파키라, 산세비에리아, 행운목, 소철, 관음죽 등이 해외에서 수입되는데, 반드시 흙을 털어내고 들어와야 하기 때문에 최소 3개월은 물이 없어도 견디는 강한 나무만이 수입이 가능하다. 서울 근교 화훼 농장에 가서 알아보니 연간 거래량이 생각보다 많아 가격만 맞으면 판매는 어려울 것 같지 않았다. 그리고 그들은 우리에게 새로운 관상수를 발견하면 희소가치가 있어 높은 가격에 팔리니 찾아보라 하였다.

캄보디아에 돌아와 꽃 시장을 돌아보니 파키라 등이 드문드문 보이는데 가격이 한국보다 오히려 비쌌다. 겨울이 없는 나라에서 사시사철 사방이 푸른데 구태여 실내에 꽃이나 나무를 키우는 정서는 아닌 것 같았다. 값이 비싼 것은 대중적인 수요가 없는 탓이었다.

또 땅을 보러 다니면서 부지런히 관상수가 될 만한 것을 찾아보아도 도무지 잡풀만 보였다. 심마니가 산삼 찾는 마음으로 뒤져 보았지만 헛수고였다. 그러다 생각하니 세상 누가 우리를 위하여 귀한 것을 숨겨놓고 기다릴까 스스로 자조하면서 포기하였다.

그리고 결정적으로 관상수를 포기한 이유는 물류 비용이었다. 한국에서 대충 알아본 수입 가격을 가지고 캄보디아 실제 적용되는 물류 비용을 비교하니 물류 비용이 수입 가격의 절반 이상을 차지하였다. 물류 비용은 우리 힘으로 줄이는 데는 한계가 있고, 우리가 힘쓴다고 될 일도 아니었다.

그리고 나중에 알고 보니 행운목과 소철은 특정 나라에서만 수입되는데 그 이유는 유독 그 나라에서만 잘 자라서 재배 비용 보다는 거의 수집 비용만 들어 그 경쟁력으로 세계로 팔리고 있었다.

그것도 모르고 힘들게 키웠으면 어쩔 뻔했나 생각하니 아찔하였다.

🍀 파키라(Pachira)

과감하게 관상수를 포기했지만 옆집에서는 파키라에 관심이 있었다.

알아보니 대만이 파키라를 많이 재배하고 또 씨앗도 판다기에 수출회사를 수소문하여 씨앗을 항공편으로 수입했다.

문제는 이곳 세관에서 씨앗을 통관한 적이 없어 우왕좌왕하는 바람에 씨앗이 공항 창고에서 썩어갈 형편이었다. 가까스로 농림부와 협의가 이루어져 들여와 심었다. 심고 나니 문제는 잡초와 물 주기였다.

파키라

씨앗을 심은 후 발아를 위하여 관수가 필수였고, 물을 먹으니 잡초가 더 기승을 부렸다. 날씨가 덥다 보니 물을 주자마다 다시 마르고, 잡초는 수십 명을 동원하여 뽑고 나서 돌아서면 또 자라서 뽑기 전 그대로였다.

사실 파키라에 집중하여 완벽한 관수 시설과 효과적인 제초 방법을 찾았다면 안 될 일은 아니었다. 대만에서 하는데 우리가 못할 리가 없다. 그런데 설사 잘 키운다 해도 물류 문제로 전망이 불투명한 데다 다른 일도 많은데 구태여 수익이 보장되지 않는 파키라에 연연할 필요가 없어 과감하게 포기했다.

♣ 산세비리아(Sansevieria)

어느 날 한국 방송에서 산세비에리아를 키우면 밤에 음이온을 발생하는데 이것이 건강에 아주 좋다고 했다. 방송이 나가자 곧장 품귀 현상이 났다.

한국에서 누가 급히 구할 수 없느냐고 물어 와서 어렵다고 했다.

우리가 준비하여 한국에 들어갈 때쯤은 유행은 이미 지나고 우리가 보낸 산세비에리아는 천덕꾸러기가 될 게 뻔하였다.

어쩌다 보니 집에 몇 그루가 있어 가꾸었더니 몇 년 사이에 엄청 불어나서 손님이 올 때마다 나누어 주었다.

잘 자라고 번식도 잘 되는데 이것 역시 물류 비용 때문에 수출이 불가능했다.

산세비에리아

♣ 행운목(Lucky tree)

한국에서는 아파트 베란다에서 흔히 볼 수 있는 관상수다.

코스타리카에서 한국으로 들여와 싹을 내고 잎을 키우고 다듬어서 선물용으로 많이 팔린다. 코스타리카가 한국과 거리가 멀다 보니 캄보디아에서 종묘를 수입해서 키운 후 한국으로 수출할 생각이었다. 그러나 더 알아보니 토양이 맞지 않으면 성장이 더디고, 설사 잘 키웠다 하더라도 물류 비용이 이곳이 많이 들어 포기하였다.

토양과 물류 비용 문제는 우리가 노력해서 될 일이 아니었다.

유칼립투스
(Eucalyptus)

유칼립투스는 속성수로, 심고 나서 3년 내지 4년이면 팔 수 있다. 나무가 곧게 자라고 나무껍질이 흰색을 띠고 있다.

이 나무의 용도는 향료, 펄프용, 건축용 비계 등 다양하게 쓰인다. 다른 나무에 비하여 빨리 자라니 값도 싸고 수요가 많아 판매가 용이하다.

단점은 속성수이기 때문에 그만큼 나무가 영양 섭취를 많이 하여 토양이 빨리 척박해진다고 한다. 이 나무의 문제점은 심어서 팔 때까지 항상 화재에 노출되어 있다는 것이다.

나무를 밀집하여 심기 때문에 나무와 나무 사이를 트랙터나 경운기가 들어가지 못하고, 성장하면서 떨어지는 낙엽은 자칫 불쏘시개가 되어 불이 나기 쉽고 또 나무 자체가 기름을 머금고 있어 불을 끄기 어렵다. 나무가 길고 곧게 자라기 때문에 화재가 났을 때 바람이 심하면 불꽃이 멀리 날아가 다른 곳으로 쉽게 번진다. 세상에 쉬운 일이 없다.

조금 돈이 되려고 하면 이런 리스크가 있는 것이다.

이 나무를 심으려면 넓은 땅이 필요하고 주변의 다른 작물과는 충분한 거리를 두고 방화로를 만들어야 한다. 같은 나무끼리도 블록을 만들어 방화로 역할을 하게 하여 만약 한 곳에 불이 나면 그곳만 태우고 다른 구역으로 번지는 것을 차단해야 한다.

화재 진압 시 불길의 방향을 빨리 파악하고 불이 난 곳은 과감히 포기하고 다른 쪽을 살려야 한다. 화재가 빈번한 건기 때, 특히 12월 1월에는 미리 물탱크에 물을 채워놓고 불날 때를 대비해야 한다. 그러나 화재의 위험에도 불구하고 심으면 빨리 돈이 되는 나무다.

5

이런 가축을 키웠습니다

......

양돈에서 얻은 수익은
농장 운영에 쓰고
돼지 분은 거름으로 쓰여
아주 도움이 되었다.

누구나
가축을 기르지만
잘 키우는 사람도 있고
못 키우는 사람도 있다.

돼지
(양돈)

♣ 양돈을 시작하다

캄보디아에서 양돈만 했다면 농사라는 말보다 축산이라는 말이 더 어울렸을 것이다.

이곳에서 작물을 재배하려면 퇴비가 있어야 하고 땅이 넓다 보니 퇴비 역시 많이 필요했다. 그래서 퇴비를 만들기 위하여 양돈을 시작한 것이다. 퇴비로 쓰이는 축분은 우분, 돈분, 계분이 있는데 우분은 거름 성분이 약하고 수집에도 어려움이 있었고, 계분은 수량이 부족했다. 마침 땅을 소개해 주고 개간을 도와주던 분이 양돈을 소규모로 하고 있었다.

웅돈(수돼지)과 모돈(어미 돼지)을 직접 키워서 자돈(새끼 돼지)을 생산하여 키워 파는 진짜 양돈을 하고 있었다. 우리가 생각하는 양돈은 새끼 돼지를 다른 양돈장에서 사서 크면 도축장에 파는 육돈이었다.

진짜 양돈을 하려면 시설과 기술과 자금이 더 필요하고 거기에만 전념해야 되기 때문에 처음부터 우리 형편상 염두에 두지 않았다.

처음 돈사를 350두 규모로 캄보디아식으로 지었다. 그리고 새끼 돼지는 지인의 소개로 인근 중국인 양돈장에서 구입했다. 키우는 것은 일꾼이 집돼지 키우는 데 익숙하여 별 어려움이 없었다.

첫 번째 닥친 문제는 사료 공급이었다. 경험이 없다 보니 사료 회사에서 구입하는 것이 아주 비싸 보였고, 미리 현금을 내고 사니 무척 억울하게 생각되었다. 그러고 보니 일부 양돈장은 꼭 필요한 사료만 사고 나머지는 스스로 만들어 먹이고 있었다. 우리도 사료비를 절약하려고 그렇게 했다.

두 번째 문제는 키우는 데 들어가는 모든 경비가 현금 거래여서 시시때때로 돈이 나가니 준비한 돈이 점점 줄어들었다.

또 다른 문제는 다 키워서 팔 때다. 외국인이라 무슨 핑계든 대고 가격을 시세보다 적게 줄려 하고 마지막엔 저울눈을 속인다.

돈사는 덜렁 지어놓았지만 이런 상황에서 양돈을 계속해야 하나 고민을 하게 되었다.

♣ C. P회사와 협력하다

태국 회사인 C. P는 세계적인 사료, 축산 회사로 세계 여러 나라에 진출하여 있다. 일찍이 캄보디아에도 진출하여 사료 양돈·양계시장을 거의 장악하고 있었다. 이 회사 캄보디아 책임자를 알게 되고 새우 양식 때문에 교분이 있었는데, 양돈을 시작할 때는 이 회사가 이 나라 양돈의 대부인 줄 모르고 있었다.

만나서 우리가 양돈을 한다니 놀라며 당장 무엇을 도와줄까 하고 호의를 베풀었다. 우리는 우리의 애로 사항을 설명했다. 그래서 그들과 서로 협력하게 되니까 우리가 겪고 있는 어려움이 일시에 해결되었다. 즉 돼지 새끼는 현금으로 구입하고 사료는 자기네 사료만 쓰되 외상으로 하고, 형식적으로 보증금을 얼마 내되 형편 되는 대로 점차 올리기로 하였다.

돼지가 크면 자기들이 그때그때 시세대로 책임지고 팔아주고 수의사는 일주일에 최소 한 번 그리고 문제가 있으면 수시로 와서 필요한 조치를 해주기로 하였다. 예방 접종 비용도 사료값과 같이 돼지 판 돈에서 정산하기로 했다. 특히 외상으로 주는 사료값도 도매 가격으로 책정해 주었다. 책임자가 관심을 가지니 직원들도 호의를 가지고 친절하게 대해주고, 그들 스스로 자기들 직영 양돈장이라 했다 한다.

그 후 책임자는 본사 동남아 총괄 사장으로 승진했고, 캄보디아에 올 때마다 우리 안부를 물었다 한다. 지금도 모든 양돈장은 미리 돈을 예치하고 사료를 공급받는다. 그런데 우리한테만 파격적으로 혜택을 준 것이다. 우리는 오래 거래하면서 서로 약속한 것들을 지켰고, 한 번도 분쟁이 없었다. 구제역이나 돼지 가격이 폭락할 때는 같이 걱정하고 여러 가지 방법으로 도움을 주어 우리는 어려움을 극복할 수 있었다.

언젠가 그 회사 직원이 태국 본사 감사팀이 와서 왜 아리랑 마을에만 특혜를 주느냐고 문제를 제기하여 책임자가 난처하게 되었다고 하였다. 우리는 놀라고 걱정이 되어 즉시 찾아가 우리가 도울 일이 있느냐고 물었다. 그러자 그는 웃으면서 감사팀에게 지금까지 우리와 협력한 과정을 설명하고 캄보디아에서 신용 사업의 첫 시도인데 우리가 모범적으로 약속을 잘 지켜서 오히려 그들에게 격려를 받았다고 하였다.

돈사 모습

♣ 캄보디아의 양돈 실태

캄보디아의 돼지 수급 상황은 공급이 수요에 미치지 못한다. 이런 만성적인 수급 불균형은 양돈 농가를 울리기도 하고 웃기기도 한다.

수급 불균형을 해소하는 근본적인 해결책은 국가 경쟁력인데, 양돈장 시설과 키우는 기술 사료 작물의 가격 등 여러 여건이 골고루 향상되어야 하지만 아직은 이웃 나라인 태국이나 베트남에 따르지 못한다. 정부 역시 어려움이 있다.

양돈 농가를 보호하려고 수입을 막게 되면 공급 부족으로 물가가 오른다. 그래서 정부는 태국이나 베트남에서 마릿수를 정하여 그 한도 내에서 생돈 수입을 허용하고 있다. 그러나 어쩌다가 수급에 불균형이 생기면 가격이 폭등하거나 폭락한다.

그동안 여러 차례 가격 파동을 겪으면서 그 결과를 따져보면 손해 볼 때보다는 이익 볼 때가 많고, 이익 폭이 손해보다는 높다는 것이다. 그래서 양돈 농가는 유지되고 있지 않은가 싶다.

♣ 돈사 짓기

육돈용 돈사는 보통 한 돈사에 500마리 내외를 키울 수 있는 규모로 짓는다.

'All in All out'이라 하여 한 번에 12kg 정도의 비슷한 체중을 가진 돼지 새끼를 들여와 살찌어서 100kg 전후에 한꺼번에 파는 방법인데 양돈과 구분하여 육돈이라 한다.

돈사는 처음 시작할 당시는 대부분 시멘트 바닥에 나무기둥과 양철 지붕이었다. 돈방은 4×8m 넓이로 배수구 옆에는 폭 1m에 깊이 20cm에 물을 담아 돼지들이 언제나 들락거리며 더위를 식히게 했다.

돈방은 20여 개로 전체 사이즈는 80m 길이에 폭은 8m 모양이다. 방과 방 사이는 시멘트로 칸막이를 하고, 돈사 전체는 사방에 벽은 없고 그물망을 쳐서 모기나 해충을 방지하고, 차양막으로 바람과 비를 피하도록 했다.

현재는 시설이 좋아져서 환기 장치를 하고 사방 벽은 개폐가 가능토록 되어 있다. 이렇게 새로운 시설이 가능한 것은 전기가 들어 왔기 때문이다.

돈사 짓기

♣ 새끼 돼지 들여오기

한 돈사에서 다 큰 돼지를 모두 팔고 나면 돈사를 소독하고 다시 키울 돼지 새끼를 받는다.

한 양돈장에서 같은 크기의 새끼 돼지 500마리를 한 번에 들여와야 하기 때문에 파는 양돈장은 충분한 숫자의 새끼 돼지가 준비되어 있어야 한다. 그럴만한 능력이 있는 양돈장은 C. P 회사뿐이다.

양돈을 하는 과정에서 새끼 돼지를 살 때가 가장 긴장된다. 방역 문제로 돈사에 들어가 새끼 상태를 확인할 수 없는 상황에서 체중이 얼마 나가는지 또 암수 비율은 어떤지 등 모두가 돈과 관련되기 때문이다.

새끼 가격은 미리 고시되어 있다. 보통 한 마리를 10킬로를 기준으로 정하고 실제 체중을 달아 증감된 무게를 킬로 당 얼마로 계산하는 방식이다. 체중이 기준보다 적게 나가는 경우는 없다. 반면 많이 나갈 경우 가격이 비싸지기 때문에 신경이 쓰인다.

또 암수 구분에 있어 키우는 사람은 빨리 크는 수놈을 선호한다. 반면 팔 때는 사는 사람이 암컷을 선호한다. 소비자가 암컷 고기를 좋아하기 때문이다. 수컷은 웅취가 난다고 좋아하지 않는다.

우리는 암수 비율을 어찌하지 못하고 다만 수컷이 많았으면 하고 실제 그렇게 되면 큰돈이나 번 것처럼 기분이 좋다. 팔 때 수놈이 많다고 불평하는 것을 감당해야 할 때는 이놈들이 다 자라는 6개월 후에나 일이다. 새끼 돼지 500마리는 전용 트럭에 실려 한차로 전부 온다. 운송 도중 죽는 일은 거의 없다. 만약 죽게 되면 운송 회사나 파는 사람이 변상한다.

새끼가 도착하면 22마리씩 수놈부터 돈방에 들어간다. 마지막 방은 암수 혼방이 된다. 일단 방이 배정되면 다시 같은 체중끼리 방이 조정된다. 큰놈은 큰놈끼리 그리고 작은놈은 작은놈끼리 같은 방에 두어야 위축돈 발생을 줄일 수 있다.

그러는 사이 새끼들은 치열한 서열 다툼을 한다. 어떤 때는 쉽게 평정이 될 때도 있고 어떤 때는 다음 날까지 다툼이 이어지고 이윽고 평화가 찾아온다. 일단 서열이 정해지면 그때부터는 사료 먹는 순서 등 돈방 안에서 일어나는 일상생활은 모두 서열에 따라 지켜진다. 누가 말하기는 돼지는 다른 동물보다 영리하여 30마리까지는 상대방을 알아보는 능력이 있다 한다. 그래서 서열이 지켜지나 보다.

도착 첫날은 가급적 사료를 주지 않거나 도착 서너 시간 후에 조금 주기도 한다.

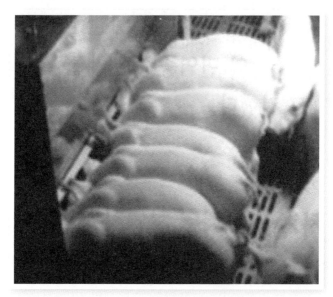

새끼 돼지

♣ 예방주사

새끼 돼지가 들어온 후 예방접종은 접종 프로그램에 의하여 모두 4번 실시된다.

먼저 C. P회사에서 무슨 접종을 한다고 알려주고 주사약을 보낸다. 주사 맞는 날은 잔칫날이다. 주사 놓는 사람이 두 사람이고, 맞은 놈을 표시하는 사람이 한 사람, 몰이꾼이 두 사람 그리고 응급처치반이 한 사람으로 팀을 이루어 단시간에 마쳐야 한다. 응급처치란 가끔 주사 쇼크가 일어나 기절하거나 발작을 하면 신속하게 얼음찜질이나 마사지를 해서 회복시킨다.

예방주사 때 내가 하는 일은 주사액 관리다. 주사액은 돼지 숫자대로 오지만 주사를 놓을 때는 한 병으로 십여 마리를 놓기 때문에 놓을 때 정확하게 하지 않으면 남거나 모자란다. 놓는 사람은 정신없이 놓기 때문에 재고파악 할 여유가 없어서 수시로 체크하여 재고를 알려줘야 한다.

한차례 소동이 지나면 돼지들은 널브러져 자빠져 자고, 사람들은 힘이 빠져 지쳐버린다.

♣ 구제역

양돈을 시작하고 몇 년이 지난 후 드디어 우려하였던 구제역이 우리 농장에 찾아 왔다. 당시 베트남에서 구제역이 만연하다는 소식이 있어 각별히 조심하고 있었는데 옆집 돈사에서 발생한 것이다. 아마 베트남에서 돼지를 실어 나르던 트럭으로부터 감염된 것으로 추측만 될 뿐이었다.

우리 세 집은 비상을 걸고 일꾼들끼리 서로 왕래를 못 하게 하고 돈사를 소독하는 등 법석을 떨었다. C. P에 연락하자 태국에서 수석 수의사가 바로 와서 보고 구제역이 확실하다고 의학적으로는 치료 방법이 없으니 자연히 치유될 때까지 주인은 그동안 한국에나 다녀오라고 하였다.

그리고 다른 돈사에 감염되지 않도록 방역을 철저히 하라면서 발병에서 치유까지는 대략 한 달 반이 걸린다고 했다. 다행히 사람에게는 감염되지 않고 소나 염소 외 다른 가축에게도 감염되지 않는다고 했다. 또 다 큰 돼지는 폐사율이 낮고, 어린 돼지는 절반 정도 죽는다고 했다. 한국에서는 구제역이 모조리 살처분하는 무서운 병으로 알았는데 설명을 들으니 조금 안심이 되었다.

주인보고 한국에 다녀오라는 건 주인이 있어도 별 대책이 없고, 병치레하는 과정이 너무 비참하여 차마 보기 어려우니 차라리 보지 말라는 거였다. 병든 돼지는 주둥이와 발굽이 헐어 뭉개지는데 돼지가 아파서 울부짖는 소리가 길에서도 들릴 지경이었다. 입이 뭉그러지니 먹을 수 없고, 발이 헐어버리니 먹으러 갈 수도 없었다. 그래서 일꾼들이 일일이 한 마리씩 입을 벌리고 사료를 강제로 먹였다.

아비규환이 바로 그거였다. 그때 일꾼 중 하나가 논에 나는 게를 잡아 짓이겨 먹이면 낫는다고 하였다. 그래서 매일 일꾼을 동원해서 게를 잡아 이겨서 먹였다. 또 벽돌 공장에서 나오는 벽돌 가루를 바닥에 깔아주면 좋다고 하여 인근 벽돌 공장을 다니면서 벽돌 가루를 구해 바닥에 뿌려 주었다.

그런데 이런 난리 통인데도 한 방에 서너 마리는 아프지도 않고 멀쩡하게 아픈 놈들 사이를 유유히 다니는 놈들도 있었다 한다.

이렇게 한바탕 전쟁을 치르는 동안에 시간은 가고 그러자 한두 마리씩 스스로 일어나 먹기 시작하여 구제역 소동은 서서히 막을 내리게 되었다.

그때 감염되었을 때 돼지 평균 체중이 대체로 30kg 정도였는데, 폐사율은 20% 미만이었다. 태국 수의사가 와서 구제역이 종식되었음을 확인하고 특히 적은 폐사율에 놀라움을 표시하고 구제역으로 발생한 손해는 보전해 주기로 약속하였다.

나중에 돼지를 팔 때 체중을 달아보니 병치레한 놈들은 평균 체중이 적게 나갔고 멀쩡한 놈들은 더 많이 나갔다고 한다.

구제역은 위험한 병이지만 침착하게 대응하여 노력만 하면 손해는 보았지만 치명적인 질병은 아니었다.

♣ 돼지 스트레스 증후군(PSS)

증후군을 신드롬이라 하는데 증후군이란 말 자체도 애매하고 그러다 보니 치료도 어정쩡한 것 같았다.

양돈을 시작한 지 10여 년이 지나자 그동안 없었던 병이 나타났다. 60kg에서 70kg으로 한참 자랄 체중일 때 갑자기 이상증상이 나타나 쓰러지고 수 시간 내 죽어버린다. 미처 손 쓸 사이도 없이 하루 이틀 사이에 여러 마리가 죽어 나간다.

부랴부랴 C. P에 연락하고 사료를 보완하고 주사 놓을 준비를 하는 사이에 병은 지나가 버린다. 속수무책이었다. 한국에 물어보니 별 거 아니란다. 체중이 그때쯤 나갈 때 사료에 필요한 약을 첨가하면 저절로 지나간다 했다. C. P에서도 자기들한테는 익숙하지 않은 병인지 구제역 때 보여주었던 단호함이 없어 보였다.

이린 일이 생길 때 확실하게 해결할 대책이 없다고 생각하니 스스로 무기력하게 느껴지고 양돈에 한계가 왔음을 느낄 수 있었다.

♣ 사료 문제

자기가 사료를 직접 만들면 과연 유리할까?

돼지를 키우는데 가장 돈이 많이 들어가는 비용이 사료값과 새끼 돼지 값이다. 인건비는 싸기 때문에 원가에 차지하는 비중은 크지가 않다.

원가 비중이 높은 사료비를 절감하려는 노력은 하지 않는 게 오히려 이상할 것이다. 그래서 사료 회사에서 사료를 사는 것보다 직접 내가 만들면 사료 회사 마진만큼 덕을 본다는 유혹을 떨칠 수가 없다.

그러나 자가 사료 제조에는 다음과 같은 문제점이 있다.

첫째, 좋은 원료를 구하기 힘들다. 사료 회사에서 쓰는 옥수수나 대두 등은 엄격한 품질 검사를 통해 합격품만 사용한다. 그러므로 재배 농가에서는 좋은 품질을 우선적으로 사료 회사에 공급할 수밖에 없다.

둘째, 구입 원료 가격이 비싸다. 사료 회사와 계약 재배하거나 대량으로 거래할 때와 가끔씩 차떼기 하는 가격에는 당연히 가격 차가 난다. 또 사료 제조 과정이 원시적이어서 인력이 낭비되고 비위생적이다. 결국 재료는 불합격품이나 저등급을 살 수밖에 없는 구조이고, 이를 검사할 장비나 기구가 없고 소량 구매니 당연히 가격 경쟁력에서 떨어진다.

나도 처음에는 사료를 직접 만들어 보았다. 사료를 만들기 위하여 옥수수와 등겨를 샀다. 그런데 낮에는 교통이 혼잡하다고 한밤중에 싣고 왔다. 운전기사와 짐을 내려주는 일꾼만 왔는데 캄캄한 밤에 품질 확인이 어려워서 창고에 내리기만 하였다. 아침에 몇 포대 풀어보니 엉터리였다. 전화로 항의하니 잘못 보냈다고 다시 보내준다 하고 소식이 없었다.

이런 경우는 파는 사람은 항상 분쟁을 예상하고 돈을 먼저 챙긴 후 짐을 보낸다. 우리가 물건을 받고 품질 확인한 후 돈을 주겠다면 아예 팔지 않는다.

몇 번 당하고 난 다음에야 내 자신을 되돌아보는 계기가 되었다. 우리는 그들의 주요 거래처가 아니었고 단지 그들이 못 파는 불량품을 처리하는 호구에 불과했다. 우리 돈사는 규모가 크지도 그리고 작지도 않아 그들이 노리기에 가장 적합한 규모였다.

비로소 정신 차리고 지금까지 실적을 가지고 원가계산을 해보니 놀랍게도 사료 회사 단가와 별 차이가 없었다. 고생한 게 억울해서 간접비용은 빼고 직접비만 계산하니 조금 남아서 그것으로나마 위로받고 자가 사료 제조를 마감하였다. 만약에 사료 제조에 필요한 혼합기나 다른 필요한 장비를 샀으면 원가는 더 올라가고 나중에는 분명히 고철이 되었을 것이다.

그리고 모두가 돼지 돌보는 일은 뒤로하고 사료 만드는 데 집중하다 보니 사료 공장이 주업이고 양돈은 부업이 되어버렸다.

문득 "송충이는 솔잎만 먹고 살아야 한다"는 말이 생각났다.

원가 줄인다는 명분으로 어쭙잖게 덤벼들었다가 고생만 많이 한 결과였다. 그런데 내가 열심히 주변에 내 경험을 이야기하고 헛수고하지 말라고 신신당부하면 나보고 사료 회사 직원이냐고 쉽게 받아들이지 않으니까 내가 멀쑥해져 버렸다.

전문 분야는 전문가한테 맡기고 자기는 열심히 돼지 꽁무니나 보며 이놈이 설사하는지 안 하는지 살피는 게 더 이익인데도 말이다. 참고로 설사가 돼지를 죽게 하는 병은 아니지만, 살이 빠지니까 돼지가 설사하면 빨리 발견해야 비싼 사료가 낭비되지 않는다.

돼지 체중이 100kg에 달하면 C. P에서 팔 때가 되었다고 연락이 온다. 돼지 파는 가격은 매일 C. P에서 공시를 한다. 그러나 파는 입장에서는 가격 추세도 보아야 하고 조금이라도 시일을 끌어 체중이 더 나갈 때 팔려 한다. 그러면 그들은 증체율이란 과학적 근거를 대며 돼지가 체중이 어느 정도 한계점에 도달하면 사료 효율이 떨어져 오히려 손해라고 빨리 팔라고 독촉한다.

돼지 팔기, 무게를 재고 시멘트 계단으로 트럭에 싣는다

즉 돼지가 어느 정도 크면 그때부터는 체중이 늘어나서 받는 돈보다 사료값이 더 나간다는 것이다. 그러다 보니 어떤 때는 미련스럽게 버티다가 체중이 너무 나가서 사는 사람이 사러 왔다가 도로 돌아가는 일도 있었다. 그럴 때 우리는 C. P 백을 믿고 큰소리쳤다.

돼지 팔 때는 언제나 일어나는 이런 밀고 당기는 신경전은 결국 C.
P가 조정해 주었고, 대부분 우리 뜻대로 되었다.

♣ 저울눈 속이기

돼지를 기껏 키웠는데 팔 때 저울눈을 속이면 키울 필요가 없다. 어
떤 때는 돼지 가격이 빠듯하여 저울눈을 조금만 속여도 돼지를 키우
나 마나가 돼버린다.

처음 양돈을 시작하여 돼지를 처음 팔 때다. 사는 사람들이 마음
놓고 저울눈을 속였는데 우리는 속는 줄도 몰랐다. 다만 직감으로 이
상하다고는 느꼈다.

우리 농장과 프놈펜 가는 중간에 자주 가는 현지인 식당이 있는데
하루는 식당 주인이 우리 보고 저울눈을 조심하라고 했다. 그러니까
속지 말라는 얘기였다.

돼지 사는 사람들이 돼지를 사가지고 도축장으로 가는 중에 언제
나 자기 식당에서 밥을 먹고 가는데 그들이 밥을 먹으면서 한국 사람
한테 저울눈 속이는 무용담을 신나게 한다는 것이다. 자기들 말로는
저울눈 속이는 방법이 50가지나 된다고 했다. 그 소리 듣고도 우리는
속수무책이었다. 저들은 프로고, 우리는 초보자였다.

C. P와 거래하면서 저울눈 속이는 문제는 해결되는 듯했다. C. P는 전
자저울을 쓰고 숫자도 자동으로 조정되어 프린트되어 나오니 숫자로 시
비할 일은 없어졌다. 기계가 발달되자 속이는 방법도 더욱 진화되고 교
묘해졌다. 심지어는 계수하는 C. P 직원까지 매수했다. 그러자 회사에서

는 판매 직원을 수시로 교체하여 사는 사람과 밀착하지 않도록 했다.

그러던 와중에 의외로 다른 데서 저울 문제가 해결되기 시작했다. 즉 시간이 지나자 우리도 점점 프로가 되어갔다. 똑똑한 일꾼은 돼지 무게를 알기 시작했고, 실제 무게와 자기가 생각하는 무게가 일치하기 시작했다. 저울눈이 이상하면 다시 달고 일꾼에게 발각되면 그날은 더 이상 저울을 속이려는 시도를 하지 못하였다. 해봐야 헛수고니까.

결국 적을 이기려면 우리가 적보다 나아야 한다는 것을 우리는 깨달았다. 그러나 지금도 속이는 자와 속지 않으려는 자의 소리 없는 전쟁은 계속되고 있다.

♣ 다섯 발가락

여기 사람들에게 돼지에 대한 징크스가 있다. 돼지 발가락이 위로 하나 더 있는 돼지는 키우지도 잡지도 먹지도 않는다. 그래서 양돈장에서는 새끼 돼지가 나자마자 발견되면 잘라버린다. 그러나 새끼가 작다 보니 못 보는 경우도 있고, 자라면서는 이놈들이 워낙 발발거리고 다녀 발견하기가 어렵다. 돼지를 팔 때 사는 사람이 발견하면 무조건 사지 않는다. 도축장에서 발견되어도 파는 사람이 물어주어야 한다. 심지어 도축장을 가는 도중에 발견되면 차를 세워 끌어내 버리고 간다.

우리도 가끔 키우는 도중에 일꾼이 발견하면 기겁을 한다. 그때는 내가 나서야 한다. 일꾼들보고 네 다리를 꽁꽁 묶으라 하고 내가 가위로 싹둑 잘라 내고 천으로 지혈한다. 이놈은 죽어라고 꽥꽥거리다 자르고 나면 유유히 걸어 다닌다.

다 큰 돼지를 팔 때 다섯 발가락이 발견되면 그것도 하는 수 없이 내 몫이 된다. 일꾼들은 잡는 것조차 싫어해서 하는 수 없이 집으로 싣고 와서 내가 잡는다. 꽁꽁 묶어 꼼짝 못 하게 하고 단칼에 숨통을 끊어야 하는데 그게 쉽지 않다. 몇 번 실패하면 보다 못해 일꾼이 하는 수 없이 마무리한다.

그렇게 잡은 돼지고기는 동네잔치가 된다. 구태여 다섯 발가락 돼지라고 말할 필요가 없었다. 한 번은 내 차가 도로에서 지나가는 소와 부딪쳤다. 앞에 범퍼가 약간 쭈그러졌는데 사람들은 내가 다섯 발가락 돼지를 잡아서 사고 났다고 수근거렸다.

♣ 위축돈

위축돈이란 사료를 잘 먹고도 정상적으로 자라지 않는 돼지를 말한다. 그러니까 사료만 잔뜩 먹고 체중이 늘어나지 않으니 나쁜 놈이다. C. P 책임자가 왔을 때 위축돈을 보더니 가차 없이 제거하라 했다. 이놈들을 미리 발견하고 없애는 것이 양돈 경영의 첫 번째 노하우라는 것이다.

사실 나도 동감하고 있었다. 파파야에서 열매 없는 나무에게 당한 배신감을 잊을 수 없는데 돼지에게도 똑같은 고민이 생긴 것이다. '될성부른 돼지는 자랄 때부터 안다'는 진리를 실천하기에 주저하다 보면 어느덧 팔 때가 되어버린다. 스스로 나는 돼지 잘 키우는 양돈 전문가가 아니라는 것을 증명이라도 하듯 한 번도 위축돈을 없애버리지 못하였다. 이놈들은 다른 놈들이 100kg 이상 나갈 때 겨우 60kg도 안 되고 심지어는 20kg도 있었다. 또 이놈들은 정상적으로 팔리지도 않는다. 겨우 값을 내려서 팔거나 그것도 안 되면 동네 시장에 헐값에 팔려간다.

이렇게 뻔히 손해 보는 걸 알면서도 실천 못 하던 내가 만약 다시 돼지를 키운다면 지난날의 우유부단함을 벗어나 이번에는 과감하게 없앨 수 있을까 생각해 본다.

♣ 돼지에게서 배운다

돼지를 키우다 보면 돼지를 통해서 우리 자신을 돌아보고 깨닫는 바가 많다.

자신을 알아라. 아무리 발버둥 쳐도 안 되는 것은 안 된다

돼지를 파는 날이 결정되면 돼지의 운명도 결정된다. 돼지로서는 그걸 바꿀 수 없다.

돼지가 팔리면 그날로 도축된다. 돼지로서는 살아날 방도가 없다.

아무도 구해줄 사람이 없다.

돼지가 팔려서 차에 실릴 때 방별로 순서대로 차에 실린다. 그 방에 있는 20여 마리는 아무리 발버둥 쳐도 다음 방으로 가기 전에 예외 없이 모두 차에 들어가야 한다.

그 20여 마리 중 자기의 운명에 순응하는 놈은 점잖게 몰이꾼의 지시에 따르면서 한 대도 맞지 않고 차에 올라가고, 자리도 제일 앞자리에 자리 잡고 편하게 간다.

반면 자기 운명을 거역하고 안 잡히려고 버티다가는 매만 작살나게 뚜들겨 맞고 차에서도 제일 끝자락에 끼여서 힘들게 간다. 특히 잡힐

때 이리저리 피해 몰이꾼을 약 올리면 그 대가가 참혹하다.

몰이꾼은 돼지를 잡을 때 필요한 여러 가지 소도구를 가지고 있다. 점잖은 돼지한테는 도구를 사용하지 않고 가볍게 손을 이용한다. 그러나 제일 발악하는 놈은 가장 날카로운 도구로 수없이 찔리고 맞는다.

그렇게 모질게 당하면서 돼지가 의미 없이 버는 시간은 단 몇 분에 지나지 않는다.

위계질서를 지킨다

돈방에 돼지가 처음 들어오면 치열한 힘겨루기를 거친 후 위계질서가 확립된다. 일단 승부가 나면 승복하고 평화가 유지된다.

위축돈처럼 살지 말자

사료만 축내는 위축돈은 죽을 때까지 미움만 받고 결국 손해만 끼친다.

돼지는 절제를 할 줄 안다

누구는 돼지가 욕심이 많다 한다. 틀린 말인 것 같다. 아마 생김새가 그래서 그런 말을 듣는가 싶다. 돼지한테 먹이를 주면 꿀꿀거리며 사정없이 먹이통으로 달려온다. 혼잡스러울 것 같지만 그건 잠시, 어느덧 질서 정연하게 먹기 시작한다.

그런 후 먼저 먹던 놈을 선두로 차례대로 고개를 돌려 다음 놈한테 자리를 내준다. 절대 미련 떨며 버티는 놈이 없다. 자기 먹을 만큼만 먹으면 더 이상 욕심부리지 않고 깨끗이 자리를 뜨면서 자연스레 다음 차례에게 자리가 넘어간다.

 소

♣ 소 키우기

캄보디아에서 소 키우는 모습은 우리나라 옛날 농촌 모습을 기억해 보면 된다. 약간 다른 점은 한 집 당 소의 마릿수가 여기가 더 많은 것 같다.

아침이 되면 수십 마리의 소가 풀을 뜯으려 집을 나선다. 소 임자끼리 서로 합의가 되었는지 카우보이는 언제나 한 사람인데, 어린 남자아이다.

손에는 가느다란 막대기를 들고 심심하면 가까이 있는 소를 건드리나 소는 아예 무시해 버린다. 저녁이 되어 소들이 배가 불러 집으로 돌아오는 모습이 그야말로 보기가 정겹다.

이곳에서 어느 현지인 대기업이 운영하는 목장을 가본 적이 있는데, 거기도 역시 방목을 하고 있었다.

♣ 소의 종류

　본격적으로 조사해 보지는 않았으나 지방에 따라 키우는 소가 다른 것 같았다. 특히 남쪽 바다에 접해있는 캄퐅주의 소는 거의 누렁이에 작달막하다.

　반면 우리 지역은 '꽁깟'이라는 부라만 종자로, 대부분 흰색에 덩치가 크고 앞쪽 등에 낙타처럼 큰 혹이 있다. 해안 지역이나 벼농사를 짓는 데는 물소가 있다. 힘이 좋아 농사에 쓰이거나 수레를 끄는데, 점점 숫자가 줄어드는 것 같다.

　대기업이 운영하는 목장에서는 호주나 뉴질랜드에서 소를 수입해서 사육한다는데, 활발하지는 않은 것 같다.

↑ 소의 종류, 가운데 흰 소가 꽁깟이다

물소 →

♣ 소를 키우는 이유

물론 이익을 남기기 위해서다. 방목하기 때문에 사료비가 안 들면서도 매일 체중이 늘어나며 암소는 한 해에 한 번씩 새끼를 낳는다. 암놈의 마릿수가 많을수록 새끼가 많아진다. 실제는 다르지만 계산하면 그렇다는 거다.

나와 옆집, 즉 두 집에서 소를 키웠는데 나는 실패했지만 옆집은 잘 키웠다. 그러다 망고나무가 커지자 더 키울 수 없어 소 키우기를 접었지만 옆집은 못내 아쉬워하였다. 좋은 소만 골라서 사니까 병치레도 없고, 새끼도 잘 낳아서 수놈은 번식용으로 팔고 암놈은 키워서 새끼 낳게 하기를 반복하니 계산대로 되었다는 것이다.

♣ 소를 키우다

땅이 개간되고 미처 망고를 심지 못한 땅이 꽤나 되었는데, 우기 때만 되면 잡초가 기승을 부려 잡초를 없애려고 소나 키워볼까 하였다. 그러나 그것은 막상 생각뿐이었다. 당장 소를 키우려면 우사와 울타리가 있어야 하고 또 소를 사려면 돈이 어지간히 있어야 했기에 생각만 하고 있었다. 그리고 망고를 다 심으면 소 키우기를 접어야 하는 사정도 있었다.

마침 프놈펜에 있는 아주 가깝게 지내는 분이 자기는 꼭 소를 키우고 싶은데 땅과 목부가 없다고 하였다. 서로가 필요하니 쉽게 결정이 났다. 나는 소를 관리하고 그쪽은 우사와 울타리 그리고 소를 준비하기로 했고, 나중에 이익이 나든 손해가 나든 나는 돈에는 관여하지 않기로 했다. 애초부터 나는 제초가 목적이었고, 영업에 관여하면 소소한 문제로 불편할 것 같았다.

예정대로 소가 들어 왔다. 경험이 없다 보니 골라서 사는 게 아니라 팔려고 온 소는 다 사버린 모양이었다. 그리고 그분이 마음이 여러 값을 후하게 쳐주니까 오히려 그걸 이용하여 나쁜 소도 끼어서 들어와 처음 산 50여 마리는 각양각색의 소 전시장 같았다.

계속 사들이고 새끼도 낳고 하니 금방 100마리가 넘고 마지막에는 180마리가 넘었다.

♣ 소 숫자 세기

1ha에 키울 수 있는 소는 여섯 마리가 적당하다고 한다. 사료를 먹이지 않고 방목을 할 경우이다.

우사가 2ha 정도니 뜰을 풀이 모자라 매일 아침에 빈 땅에 소를 풀어놓았다. 점심때 우사로 돌아오고 오후에 나가고 오기를 반복하다 보니 숫자 확인이 제일 큰일이었다.

우사 출입구를 길게 뽑아 중간에 소가 끼어들지 못하게 했는데도 셀 때마다 틀렸다. 닭이나 새끼 돼지도 아닌 덩치가 큰 소의 마릿수가 헷갈리다니 하고 의아해할지 모르나 그건 천만의 말씀이다. 소도 별 놈들이 다 있어 이런저런 짓거리로 세기를 방해한다.

어떤 날에는 대충 세고는 숫자가 맞는다고 보고를 하는 날에는 꼭 눈치 없는 한 놈이 어슬렁어슬렁 엉뚱한 데서 나타나 목부를 야단맞게 한다. 마릿수를 확인하는 것보다 더 힘든 것이 현재 몇 마리냐, 즉 재고 파악이다. 하루에 사고팔고 새끼 낳고 그러다 죽는 놈까지 잇달아 발생하는 날이면 우리 소가 도대체 전부 몇 마리인지 헷갈린다.

어떤 때는 목부 부부가 마릿수가 서로 틀려 자기가 맞는다고 토닥거리다 다시 세는데 그럴 때면 애매한 소만 다시 들락날락하며 곤욕을 치른다.

소도 목부를 잘 만나야 고생을 덜 한다.

♣ C. P 프로젝트

C. P회사에서 소 키우는 프로그램에 동참하여 달라는 요청을 받았다. 아마 양돈에서 쌓은 신뢰가 동기가 되었던 것 같다.

내용은 소를 사료만 먹이면 소값보다 사료비가 더 나오니 일반 농

가의 소를 체중이 150kg 될 때 사서 단시간 내 무게를 늘여 200kg 내지 220kg에서 판다는 것이다. 체중을 늘리는 방법은 처음에는 풀 90%에 사료 10%로 출발하여 점차 사료 비중을 높여 마지막 팔 때는 사료 100%를 먹이는 내용이었다. 우사 시설과 소를 사는 비용도 지원해 준다고 하였다.

실제 프놈펜 근교에서 프로그램에 참여한 농장을 가보았다. 적게는 10마리, 많게는 20여 마리의 소가 방목하지 않고 우사 안에서만 체중을 늘리고 있었다. 큰 회사라 신뢰도 가고 내용도 합리적이라 생각되었지만 그 프로그램 자체가 소규모 축산 농가를 대상으로 하고 있어 우리한테는 규모가 맞지 않고 지금 하고 있는 양돈과 같이할 수 없어 정중히 거절하였다.

♣ 한우 사육 문제

한국 분 중에 한우를 수입하여 키우자는 사람도 있고, 한우와 여기 소를 교배해서 종자개량을 하자는 말들이 있었다. 일견 그럴듯하였으나 현실적으로는 어려웠다.

우선 비싼 한우가 여기까지 올 이유가 없다. 우리도 뉴질랜드 황소를 비싸게 주고 샀는데 결국 적응을 못 하고 죽었다. 종자개량 역시 단시간에 될 일이 아니고, 연구기관에서 오랜 시간을 두고 연구에 연구를 거쳐야 하는 일인데 민간인이 섣불리 손댈 일이 결코 아니었다.

♣ 소 키우기를 접다

키우는 소가 많아지고 온갖 종류의 소가 있다 보니 아픈 소가 생기고 크고 작은 사고가 생기기 시작했다. 소만 전적으로 키우는 목장도 아니고, 망고 키우고 직접 수입과 직결되는 양돈에 집중하다 보니 축우에 소홀하게 되었다.

또 지금의 소 상태로는 수익을 낼 구조도 아니었다. 종자가 좋지 않으니 팔 때는 너무 싸게 불러 열나게 한다. 이런 놈일수록 태어나자마자 천덕꾸러기가 될 새끼도 잘 낳는다. 결국 접기로 하니 도축업자들이 너도나도 헐값으로 사려고 덤벼들었다.

소 키우면서 얻은 교훈은 좋은 소를 비싸게 사서 키우면 병에도 강하고 새끼도 좋고 소문이 나서 일부러도 사러 오니 큰소리로 좋은 값에 팔 수 있다는 것을 배웠다.

♣ 억울한 일을 당하다

선교사 한 분이 암소 두 마리가 있는데 키워달라고 부탁하였다.

생각해 보니 이런 일은 잘하면 본전이고 못하면 일하고도 원망을 들을 것 같아 정중히 거절하였다. 그러자 그분이 몹시 섭섭해 하는 눈치였다.

새로 소가 들어오면 귀에다 번호가 적힌 태그를 부착한다. 새끼를 낳거나 일이 생기면 번호로 구별한다. 소를 정리할 때 프놈펜에서 몇 번 번호 소 두 마리와 그 새끼는 팔지 말라고 연락이 왔다. 그 소 번호를 확인하니 새끼가 없었다. 목부에게 물어보니 그 두 놈만 새끼가 없어 이상하게 생각하고 신경이 쓰였다고 했다. 알고 보니 내가 거절하니 그분이 프놈펜에 부탁하여 다른 소가 들어 올 때 같이 끼어 들여왔는데 나도 모르고 목부도 주인이 다른 것을 몰랐던 것이다. 설사 알았다 해도 특별히 그 소들만 돌볼 형편도 아니었지만 말이다.

사실이 그런데도 소 주인은 왜 우리 소만 새끼가 없느냐고 원망했다고 한다. 그런 소리를 들으니 마음이 걸려서 목부에게 다시 물어보니 자기 생각에는 그분이 새끼 못 낳는 소를 잘못 산 것 같다고 했다. 정직한 목부의 말이 믿어졌다. 외국인이고 더군다나 선교사니 속을 수도 있다고 생각되었기 때문이다. 그러나 그분에게는 변명이 통할 것 같지도 않고 구태여 변명할 필요도 없었지만 내 자신은 꼼짝없이 아얏 소리 못하고 뒤집어쓴 기분이었다.

♣ 소를 잡아보다

사람들이 평생 소를 직접 잡아볼 기회는 거의 없을 것이다. 어떤 이유였는지 기억이 나지 않지만 어쨌든 내가 직접 잡게 되었다. 그러니까 내가 직접 도축을 한 것이다.

중간 크기의 잡종이었는데 목에 줄을 단단히 매고 도망가지 못하게 나무에 단단히 줄을 묶었다. 처음에는 순순히 따르던 소가 분위기가 심상치 않자 돌변하여 공격적으로 사람에게 달려들었다. 도끼 등으로 급소라고 생각되는 정수리를 쳤는데 급소가 아니었는지 이놈이 길길이 뛰었다. 다시 쳐도 마찬가지였다. 보다 못한 일꾼이 대신하여 일격에 마무리를 지었다.

옛날 사형수 가족이 망나니에게 죽을 사람을 고통 없이 단칼에 베어달라고 돈을 주며 부탁하는 장면이 떠올랐다. 소를 잡아 껍질을 벗기니 생각보다 뼈만 앙상하고 살이 없었다.

소 갈비를 유심히 보니 우리가 갈비집에서 먹던 푸짐한 갈빗살은 없고 앙상한 뼈에 체면상 살이 조금 붙어있는 것 같았다. 내장을 걷어내고 나니 뼈와 고기만 볼품없이 남아있는데 이것을 보면서이게 어찌 돈이 되겠냐 하는 한심한 생각만 하고 백정 임무를 마쳤다.

♣ 소고기가 질기다

맞는 말이다. 매우 질기다.

누구는 "소고기는 씹는 맛"이라고 하지만 이건 좀 심하게 질기다. 그런데 프놈펜에서 저녁이 되면 사방이 탁 트인 야외식당에서 소고기를 구워서 판다. 많은 사람들이 정신없이 굽고 먹고 또 먹는다. 이곳 말로 '앙쌋꼬우'라 하는데 "앙"은 굽는다는 말이고, '쌋'은 고기를 말하고, '꼬우'는 '소'라는 뜻이다.

나는 여기 소고기를 몇 번 먹어보고는 질겨서 억지로 씹다가 이가 아파 혼난 적이 있다. 그런데 이곳 사람들이 즐겨 먹는 걸 보고 의아하게 생각했다. 마트에 가면 이곳 소고기는 부위와 관계없이 kg당 10불 내외고 호주산은 20불 내외다.

소를 키우면서 왜 소고기가 질기고 맛이 덜 할까 생각해 보았다. 이곳에서는 소를 잘 팔지 않는다. 송아지는 풀만 먹으면 자라니까 구태여 팔 필요가 없고, 암소는 새끼를 낳으니 아까워 못 팔고, 수소는 일을 하거나 번식을 해야 하니 못 판다.

결국 시장에 나오는 소고기는 늙은 소, 병든 소, 죽은 소가 되다 보니 질기고 맛이 없지 않나 생각되었다. 거기다 하루 종일 풀을 찾아 움직이니 얼마나 근육이 단련되었겠는가?

🍀 양계

양계를 직접 하지는 않았다. 그러나 농장을 처음 시작할 때 농작물에 줄 거름이 필요했고, 퇴비를 만들려면 돈분이나 계분이 필요했다. 그래서 양돈을 할 것인지 양계를 할 것인지를 두고 양쪽을 비교해 보았다.

양계에 비하여 양돈이 시설비가 더 들고 운영자금이 더 들었다. 자금 회전도 양돈이 늦었다. 키우는 난이도는 육돈만 하면은 양계보다 쉬울 것 같았다.

이익은 양돈이 훨씬 많았다. 질병에 대한 우려는 돼지는 구제역이 위협적이었고, 닭은 조류독감이 도사리고 있었다.

서로의 장단점은 있었지만 우리는 주저 없이 양돈으로 선택하였고 결국 그 선택이 잘되었다고 생각된다. 양계는 캄보디아에서 재래식과 현대식이 공존하는 것 같다. 가격 등락에 따라 때로는 해피하고 어떤 때는 어려움이 있지만, 여전히 많은 사람이 양계를 하고 있다. 우려하

잘생긴 수탉

였던 조류독감도 간혹 발생하였다는 뉴스는 있지만 치명적이지는 아
닌 것 같다. 특히 한국분이 이곳에서 재래식 계사와 현대식 계사를
병행하여 짓고 한국에서의 경험과 이곳의 실정을 적절히 활용하여 잘
운영하고 있다.

양계 시장과 또 다른 토종닭 시장이 있다. 규모는 비교할 바 안 되
지만 나름대로 일반 농가에서는 푼돈 버는 부업으로 자리 잡고 있다.

옛날 우리 농촌과 똑같다고 보면 된다. 가정마다 수탉 한 마리에 암
탉 서너 마리로 부지런히 알을 낳고 까고 키우다 크면 시장에다 판다.
주로 사는 사람은 집안 잔치나 도시의 부잣집으로 토종닭 맛을 아는
제한된 수요층이다.

토종닭 시장도 여느 세상과 마찬가지로 양계닭을 토종닭으로 속이
려는 시도와 진짜 토종닭을 사려는 치열한 싸움은 지금도 계속되고
있다.

나는 양돈장 옆에 토종닭을 키워보았다. 닭장만 적당하게 짓고 닭을 팔지 않고 계속 병아리를 까게 하면 마릿수가 불어나는 방식이니 별도로 돈이 들어가지 않았고 계산해 보니 수입도 솔솔 할 것 같았다. 마치 독일 동화에 나오는 이야기처럼 계란이 병아리가 되고, 병아리가 어미 닭이 되고, 어미 닭이 계란을 낳고, 계란은 병아리가 되기를 반복하여 어느덧 부자가 되어버리는 그런 이야기다.

처음에는 문제 될 게 없었다. 일꾼은 집에서 밤낮 보는 집닭이니 키우는데 문제없고, 닭값은 우리가 키운다고 떨어질 염려가 없었다. 어느덧 300여 마리가 되자 한계가 왔다.

원래 어미 닭은 수탉을 기둥 삼고 십여 마리 병아리를 거느리고 집안 구석을 누비며 나름대로 평화를 구가했는데, 대식구가 되다 보니 바로 평화는 깨어지고 닭들의 전쟁터가 되었다. 수탉은 자기들끼리 대장 자리를 놓고 매일 자웅을 겨루고, 어미 닭은 엄마의 자존심을 걸고 어린 병아리들을 병졸 삼아 다른 식구들과 영토 쟁탈전이 벌어졌다.

전투력이 없는 갓 깐 병아리들은 한쪽 구석에 몰려서 오늘의 새로운 패자 탄생을 지켜보는 것 같았다. 계란을 들고 가면서 부자 되는 상상을 하면서 행복에 젖었던 독일 처녀가 발을 헛디뎌 계란이 깨지면서 꿈도 날라갔듯이 토종 양계는 실패로 돌아갔다.

캄보디아 농촌에서 계산대로라면 큰돈이 들어오는 토종닭을 많이 키우지 않는 이유를 알게 되었다. 차를 타고 가다 보면 닭을 팔러 가는 트럭을 가끔 본다. 아파트를 닭장이란 말이 실감이 난다. 수백 개의 플라스틱 상자가 층층이 쌓인 그 안에는 이제 닭으로서는 생을 마감하고 통닭구이나 프라이치킨이라는 새로운 이름으로 사람의 입맛을 유혹해야 하는 절체절명의 사명을 띠고 가는 와중에도 인간은 욕심을 버리지 못하고 팔려가는 이것들한테 계속 물세례를 준다.

사실 물을 뿌리는 이유는 밀집 수송으로 더워서 폐사되는 것을 방지하기 위함도 있지만, 그보다 닭을 팔 때 무게로 팔기 때문에 계속 물을 뿌려 축축하게 해야 무게가 더 나가기 때문이다. 사는 사람이 햇빛이 쨍쨍한데 왜 닭이 젖었느냐 하면 오다가 소나기를 만났다 하고 난데없이 열대몬순 기후의 특징을 설명한다.

그러나 세상은 절대로 일방적으로 당하지 않는다. 파는 사람이 물을 뿌려 무게를 늘이면 사는 사람은 억울해서 그 복수로 저울눈을 속일 것이다. 저울눈 속이는 기술은 닭을 사는 사람이 한 수 위다.

뻔히 알면서도 속고 속이는 게 참으로 세상스럽다.

집에서 기르는 어미 닭과 병아리

오리

♣ 오리 키우기

캠보디아도 오리를 많이 키운다. 양계와 비교해 보면 양계는 시설이 현대화되어 있고 사육과 판매 등이 체계화되어 있는 반면 오리 사육은 아직도 후진성을 벗어나지 못하는 것 같다.

호수에서 잡은 물고기

원인을 나름대로 생각해 보면 가격 구조 때문이 아닌가 추측해 보았다. 즉 양계는 대부분 사료를 먹여서 출하하는데 당연히 사료 가격이 원가에 반영된다. 반면 오리는 먹이가 다양하다. 사료도 먹이지만 사료를 아끼려고 물고기나 음식물 찌꺼기 등 다양한 먹이로 사료에 대신한다.

다양한 방법으로 먹이를 주어 키운 오리의 사육 원가는 사료만 먹인 오리보다 적게 든다. 그 예로 오리를 가장 많이 키우는 톤레삽 호수 주변은 호수에서 나오는 수많은 물고기 부산물이 오리 먹이가 되니 당연히 다른 지역보다 가격 경쟁력이 생기는 것이다. 사료만 먹이면 이익이 적거나 손해가 나는 구조를 벗어나지 못하는 것이다. 그러니 오리 키워서 돈 벌었다는 소리는 못 들었다.

호수에서 잡은 물고기를 가공 후 남은 찌꺼기는 오리의 먹이로 사용된다

우리 교민들이 오리 사육을 만만하게 보고 쉽게 접근하는 것 같다. 아마 오리는 무엇이든지 잘 먹고 잘 죽지 않고 시설비도 적게 드니 잘만 하면 될 것 같았을 것이다. 그러나 사료를 아끼지 않으면 이익이 적다.

그런데 아낄 방법이 현지인보다 불리하다. 이곳에서는 무엇 하나 공짜가 없다. 무엇이든지 돈을 주고 사야 한다. 그것도 현지인보다 더 비싸게 주고 사야 한다. 오리를 팔 때도 외국인이니 알게 모르게 불리하다.

또 무엇보다도 관리에 문제가 있다. 수천 마리나 되는 오리가 얼마나 죽는지, 잃어버렸는지 알 수가 없다. 자칫 겉으로는 남고 속으로는 밑질 수 있다.

외국에서 무슨 일을 한다는 것이 결코 쉬운 일이 아니다. 그렇다고 아주 못할 일도 없다. 다만 남이 하는 충고를 무시하지 말고 막연한 기대감과 나는 되겠지 하는 요행심을 버리고 미리 알아볼 건 알아보고 남이 하는 것을 보고 좋은 것은 염치불구하고 따라서 하면 손해는 보지 않는다.

거위

🍀 거위 키우기

  캄보디아에서 거위를 키우는 이유는 도둑을 지키기 때문이란다. 집집마다 키우는 게 아니라 가끔 동네마다 한두 마리 보였다.

  나는 집에서 키우려고 어렵게 한 쌍을 구했다. 그런데 이놈이 시시때때로 울어대는 통에 처음에는 시끄럽고 정신이 없었다. 그래서 가만히 관찰해 보니 그도 그럴 것이 암놈이 울면 수놈도 따라 울고, 수놈이 울면 또 암놈도 우니 하루 종일 끝도 없다.

  부창부수란 말이 이럴 때 쓰이나 보다. 그러나 한편 생각하니 이게 사람 사는 모습이구나 생각도 되고 또 집 안이 적막강산인 것보다 왁자지껄한 게 더 낫다는 생각을 하니 그런대로 적응이 되었다. 문제는 번식에 문제가 있었다. 알을 낳지 못하는 것이다.

  알고 보니 알을 낳기는 낳았는데 자기 혼자만 아는 비밀 장소에 낳아서 우리가 발견을 못 하니까 알은 번번이 남의 것을 훔치기 좋아하는 쥐의 간식거리가 되어버린 것이다. 알을 지킬 방법이 보이지 않았다. 그렇다고 울타리를 쳐서 키울 생각도 없었다.

거위를 돈사에 옮겨서 일꾼들보고 키우라고 했다.

수년을 키웠는데 딱 한 마리의 새끼를 보는 데 그쳤다.

염소

캄보디아 염소는 키가 크고 늘씬하며 털도 매끈한 게 잘생겼다. 암놈을 보면 서양의 귀부인같이 품위가 있어 보이고, 수놈은 영국 신사처럼 늠름하고 카리스마가 풍긴다.

주변에서 염소를 키워보라고 권하였다. 그 이유는 확실히 기억나지 않는다. 기억나지 않는다는 것은 확실한 메리트가 없지 않았나 생각된다.

마침 나는 이것저것 벌려놓은 일이 있어 하지 못하였는데 옆의 두 집은 키우기로 하였다. 수십 마리 소규모이니 소요 자금도 적어 가벼운 마음으로 시작한 것 같다.

우선 염소 우리는 나무로 짓는데 염소는 습기를 싫어하니 바닥에서 1m 이상 높여서 마루를 깔고 올라가는 계단을 만들었다. 그런데 막상 키울 염소를 사려 하니 만만치가 않았다. 주변에는 파는 사람이 없고, 먼 곳에서 겨우 찾아보니 들던 것보다 비싸게 불렀다.

키우는 데도 문제점이 생겼다. 알고 보니 우기 때 매일 오는 비가 문제였다. 염소는 마른 땅과 높은 곳을 좋아하고, 마른 풀만 먹는다. 그런데 이놈들이 우기 때는 습기 찬 우리에서 대충 말린 풀을 계속 먹다 보니 약한 놈부터 병치레를 하기 시작했다.

또 누가 말하기를 염소 도둑을 조심하라 했다. 돼지는 잡으면 꽥꽥거려 들키기 쉽지만, 염소는 소리를 내지 않기 때문에 도둑이 밤이나 풀을 뜯고 있을 때 쉽게 잡아 어깨에 메고 간다는 것이다. 우리는 수소문을 하여 농장 근처 염소 키우는 데를 가보니 역시 우리처럼 상태가 좋지 않았다.

결국 염소는 키울 게 못된다 생각하니 흥미가 없어졌고, 그러다 보니 손님이 오거나 핑곗거리가 있으면 한두 마리 잡아서 우리끼리 염소고기 파티를 하곤 하였다.

또 염소 키우기를 그만두려 할 때는 걱정한 대로 사려는 사람이 없어 마지막까지 우리를 실망시켰다.

염소고기가 연하고 부드럽고 맛도 일품이어서 기억에 남지만, 사전 조사를 소홀히 하고 흥미만 가지고 시작한 것은 결국 시간과 노력과 돈을 잃는다는 교훈만 얻는 것으로 끝나게 되었다.

타조

옆집에서 타조를 키워보고 싶다 했다. 양돈으로 어느 정도 일정한 수입이 들어오자 돈보다는 평소 하고 싶은 것을 해보려는 것이다. 이해는 가나 타조에 대하여 아는 바도 없고, 수소문하니 동물원이나 캄보디아 북쪽 지방에 겨우 몇 마리만 키우는 곳이 있다고 하였다. 그러다 보니 마음먹고 알아보기 전에는 더 이상 진전이 없이 매번 타조 타조 하다가 흐지부지되고 말았다.

수년이 지난 후 지인이 타조를 키우고 싶은데 장소가 없다고 하였다. 한국에서 타조농장은 하지 않았지만 농장과 연계하여 타조고기 전문 식당을 한 경험이 있었다.

고기는 고기대로 맛이 있고, 가죽은 비싼 가방이나 지갑 등 재료로 쓰이고, 알과 털은 공예품 재료로 쓰인다 했다. 남아공이 타조를 제일 많이 키우고 태국에도 타조농장이 있다고 했다. 전보다는 더 많은 정보가 있어 흥미가 있었다. 소와 마찬가지로 나는 땅만 10ha 빌려주고 경영에는 관여하지 않기로 했다.

그러면서 나름대로 더 자세히 알아보았다. 한국은 이미 한번 타조

붐이 일어난 후 침체기에 있었으나 타조 사육에 대하여는 모두 일가견이 있었다. 그러나 시작하기 전 캄보디아에서는 왜 타조 사육을 하지 않는지 이유를 알고 싶었다. 태국이나 베트남도 안 되는데 왜 남아공은 잘 될까를 알아보니 결국 기후 탓이었다. 기후로 가장 많이 영향을 받는 것이 번식이었다.

타조가 알에서 부화되어 성장하기까지 열대몬순 기후가 맞지 않는다는 것이다. 맞지 않는 기후에서 구태여 힘들게 할 필요가 없을 것 같아 지인을 설득해서 포기했다. 선구자는 성공하면 돈도 벌고 성취에 따른 보람이 있지만 실패하면 혼자만 손해 본다.

코끼리고기
(양어)

민물고기인 코끼리고기는 캄보디아 말로 '뜨라이 덤라이'라 하는데, '덤라이'란 코끼리를 말하고 '뜨라이'는 물고기를 말한다. 아마 물고기 중에 제일 맛있는 고기가 아닌가 생각된다. 프놈펜에 있을 때 손님 접대용으로 자주 먹었는데 다들 맛있다고 신기해했다.

모양은 가물치 모양인데 비싼 이유는 양식이 되지 않고 맑은 민물 깊은 곳에만 서식한다고 한다. 또 식성이 까다로워 먹이를 생물로는 먹지 못하고 가루로 된 것만 먹기 때문에 성장이 느리다고 한다. 그러니 자연히 가격이 높다. 그러나 양식에 성공만 한다면 대박이다. 그래서 태국과 베트남에서 양식하려고 부단한 노력을 했으나 베트남에서 겨우 부화에만 성공했다고 한다.

코끼리고기

한국분이 코끼리 물고기 양식에 도전했다. 나에게 연못을 빌려주면 한번 성공시켜 보겠다 한다. 연못 7개 중 한 곳을 정하고 양어 시설을 하고 치어(어린 고기) 74수를 연못에 넣었다. 사람이 상주하면서 관찰하고 특별히 제조한 사료를 뿌려주고 하였는데 문제는 비가 오니 연못이 흐려지고 호우에 연못물이 넘치니 물고기의 생존 여부를 알 수 없었다. 어느 날 연못에서 한 마리가 튀어나와 죽어있었다.

100g 정도 되는데 금방 죽은 것 같이 싱싱하여 매운탕을 끓이니 그렇게 맛이 좋을 수가 없었다. 그러던 중 시아누크 국왕의 아들인 나나리드 왕자가 농장에 방문하였다. 우리를 보러 온 게 아니고 그분 농장이 근처에 있는데 농장을 보러 왔다가 근처에 한국 사람이 농장을 운영한다는 소리를 듣고 호기심에 보러 온 것이다. 그분은 전에 이 나라 총리를 역임했고, 그 당시는 국회 상원의장이었다. 대화 중 코끼리 물고기 양어에 대하여 설명하니 깜짝 놀라면서 꼭 성공하기를 바란다며 만약 성공하면 농민들의 생활이 나아질 것이라고 용기를 주었다.

나는 왕자와 대화하면서 매우 긴장하였다. 왕자라는 신분을 가진 사람과도 처음이었고, 도대체 호칭이 생각나지 않아서 대화를 이어갈 때 호칭을 불러야 할 때 못 하니까 진땀이 났다. 전에 이 나라 장관을 면담할 기회가 있었는데 그때는 '유어 엑설란시'가 자연스럽게 나왔고, 국왕을 호칭할 때는 비록 불러보지는 못했지만 '유어 머저시티'가 머리에 남아있는데, 왕자 호칭인 '유어 하이네스'는 알고 있으면서도 그때는 기억나지 않았다.

왕자가 방문한 후 얼마 있다가 우리나라 국회의장이 캄보디아를 공식 방문하였는데 캄보디아의 공식 파트너인 상원의장이 그분이었다. 다른 공식적인 대화보다는 온통 밀림에서 농사짓는 우리 이야기만 해서 나중에 대사관 직원한테 우리가 도대체 누구이기에 의장님이 저렇게 칭찬하느냐고 한번 우리를 만나보고 싶다고 했다 한다. 이야기가 다른 데로 흘렀지만, 양어는 이렇게 실패했다. 너무 쉽게 접근하였고, 능력도 없는 무모한 시도였다.

자라 양식

서울에 있을 때 친구가 자라 새끼를 일본에서 들여와 양식장에 파는 것을 보았다. 이야기를 들으니 원래 섬진강이 그들의 고향인데 남획으로 거의 멸종되고, 일부는 산 채로 일본에 수출되었다 한다. 그때 일본으로 팔려간 자라가 일본인 손에 양식되어 도로 조상 땅으로 돌아온 셈이었다.

양식장이 제법 규모 있고 그럴듯하였다. 그때 자라를 누가 사 먹느냐고 물으니 주로 식당에서 용봉탕용으로 팔린다 했다. 용봉탕이란 자라와 닭고기를 같이 넣고 탕을 만드는데 자라가 용이고, 닭이 봉이란다. 야구나 축구 등 운동선수들이 용봉탕을 먹어야 힘을 얻고 좋은 성적이 나온다 하여 구단주나 후원자들이 출전하기 전 꼭 용봉탕을 먹인다고 한다.

그런데 사실은 자라탕만 하면 되는데 자라가 워낙 비싸서 닭고기를 같이 넣어 이름도 용봉탕으로 하고 가격도 적당한 선으로 조정했다고 한다. 그러니까 자라 값이 오를수록 닭고기가 더 많이 들어가지 않을까 생각하고 웃은 적이 있었다.

캄보디아에는 자라가 두 종류가 있다. 보통 우리나라 자라만 한 크기의 자라를 '언늬윽'이라 하고 무게가 5kg 이상 나가는 슈퍼 자라는 '껀띠히'라 하는데 야생동물을 몰래 파는 가게에서 흔히 볼 수 있다.

농장에서 좀 떨어진 곳에 자라 양식장이 있다 하여 궁금해서 가 보았다. 정부 고위 공무원이 주인인데 정식 허가를 받고 한다 했다. 한국보다 규모도 작고 시설도 빈약하지만 갖출 것은 다 갖추고 있었다.

캄보디아 자라

그런데 이렇게 합법적으로 양식을 하고 있는가 하면 국도변에는 야생동물을 파는 가게들이 있는데 거기서 자라를 사면 불법이다.

우리 농장에 마침 작은 연못이 있어 연못 주위에 철망을 치고 이놈들이 땅을 파고 달아나지 못하도록 제법 깊게 파고 시멘트를 치고 알낳을 장소와 일광욕 자리에는 모래를 잔뜩 준비하고 자라 3마리를 연못에 넣었다. 연못에 물고기가 있어 식사는 자체 해결토록 했다.

가끔 둘러보았는데 이놈들이 도대체 보이질 않았다. 사라진 원인도 모른 채 실패하고 말았다. 아주 드물게 농장 개울에도 야생 자라가 보이는데 이놈이 어찌나 빠른지 손으로는 도저히 못 잡는다. 또 설사 양식에 성공했다 할지라도 한쪽에서는 불법이라 못 팔게 하고, 한쪽에서는 양식이라 팔 수 있다니 똑같은 자라를 야생과 양식을 어떻게 구분할까 의문이 있었는데 양식 실패로 고민거리가 없어졌다.

프놈펜 해산물 파는 식당에는 살아 있는 자라가 수족관에 진열되어 있다. 약간 비싸지만 1kg를 사면 자라 수프와 자라 찜을 먹을 수 있다. 특히 자라 등과 내장을 이어주는 자라 껍질은 쫄깃쫄깃한 게 맛이 일품이다.

흥미 위주로 하다 보면 준비가 소홀해지고 집중력이 떨어진다. 자라 양식으로 돈 벌 생각도 아니고 양식에 취미 있는 것도 아닌 어정쩡히 의미 없는 일로 끝나고 말았다.

새우
양식

C. P회사 책임자를 우연히 알게 되었는데 그로부터 새우 양식 세미나에 참석하여 달라는 초청을 받았다. 그때는 후추를 포기하고 지금 농장을 구입하기 전이었다.

그 당시 태국은 세계적인 새우 생산국이었는데 양식으로 해안이 오염되고 새 양식장을 만들기엔 제약이 많아 캄보디아로 진출해 보려는 계획을 가지고 있었다.

우리는 해안을 돌아다니며 민물과 바닷물이 합치는 곳을 찾았다. 새우 양식에 대한 사전 지식도 없이 해안을 돌아다녔으니 결국 경치만 골고루 보고 다닌 꼴이었다. 시아누크빌 항구에 가기 전에 시아누크공항이 있다. 공항을 끼고 해안까지 차를 타고 가면 림이란 해변인데 이 나라 해군본부가 있고 주변은 국립공원으로 지정되어 있다. 공항이 끝나는 지점에서 해안까지는 맹글러브가 서식하는 늪지대인데 바닷물과 민물이 공존한다. 우리가 양식장을 구한다니 그곳을 소개해 주었다.

말인즉슨 해마다 새우 치어가 수로를 따라 늪지대로 들어왔다가 성장하면 산란을 위하여 다시 바다로 나가는데 주로 새벽에 나가니까 그때 잡으면 된다는 것이다. 매일 새우를 잡아 파니 쉽게 돈을 벌 수 있다고 한다.

그 이야기를 듣고 보니 그럴듯하고 세상에 돈 버는 일이 이런 방법도 있구나 생각이 들었다. 그런데 누가 말하기를 새우값이 비싸서 가끔 강도가 출몰한다는 것이다. 캄캄한 밤에 돈 덩어리 새우를 들고 가니 안 뺏기는 것이 오히려 이상하다는 것이다. 매일 새벽에 쪼그리고 앉아서 새우 잡는 것도 궁상이고, 이마저 강탈당하면 어쩌나 생각하니까 이건 아니다 싶었다.

지금 생각하면 새우 양식은 아무리 회사에서 기술 지도하고 생산량을 모두 팔아준다고 하지만 결국 키우는 것은 자기 책임인데 우리는 양식 자체에만 흥미를 갖고 우리 능력은 간과하지 않았나 생각되었다.

림 국립공원해변

남은 이야기

못다 한 이야기
하고 싶은 이야기
남기고 싶은 이야기를
담아보았습니다.

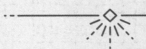

농업의 기계화

　농사꾼에게는 어떻게 하면 농사를 쉽게 효과적으로 짓나 하는 생각이 늘 떠나지 않는다. 즉 기계화의 꿈이 있다.

　유튜브나 뉴스를 보다가 기막히게 좋은 기계를 보면 눈이 번쩍 뜨인다. 주로 파종기나 수확기다. 이런 기계는 대부분 부자 나라에서 규모가 큰 농장에서 사용되고 있다. 이런 기계를 보면 아직도 원시성을 벗어나지 못하고 있는 우리 농장으로써는 부럽기 짝이 없다. 우리 농장에서 기계화란 겨우 역사가 100년이 넘는 트랙터가 고작이고 심는 거, 약 뿌리기, 봉지 씌우기, 망고 따기가 모두 수작업이다.

　우리 농장의 현실을 바탕으로 농업 기계화를 생각해 보았다. 우선 기계화가 되려면 작물이 경쟁력이 있어야 한다. 즉 기계화 비용을 감당할 만큼 과일값이 비싸서 이익이 보장되어야 한다.

　사과 수확기를 보았다. 사과를 수확할 때 나무 위를 기계가 지나가면서 나뭇가지를 흔들어 사과를 떨어뜨리고 이걸 받아서 짐칸에 넣는 작업이 한 번에 이루어진다. 그리고 작업 속도가 무척이나 빠르다. 만약 이 기계를 망고에 적용하려면 기계를 조금만 보완하면 될 것 같았다. 그런데 기계 크기로 보아 엄청 비쌀 것 같았다. 저런 기계를 사서 망고를 수확하면 과연 기계값이 나올지 의문이었다.

농약 살포나 관수가 필요할 때 드론을 이용하는 방안이 계속 논의되었다. 기술적으로는 뿌리는 물을 얼마만큼 가지고 하늘로 뜨느냐와 경제적으로는 드론에 들어가는 비용이 과연 몸값을 하느냐다.

또 기계화를 하려면 농장의 모든 환경과 조건이 기계화에 맞게 조성되어야 한다. 예를 들어 나무가 간격이 맞게 심겨야 하고, 도로가 기계가 잘 다닐 수 있도록 정비되어야 한다. 이런 것을 감안하면 지금으로써는 기계화가 요원할 것 같다.

그러나 언젠가는 망고농장이 달라질 것이다. 어떤 형태이든 망고농장끼리 협력하게 되면 경쟁력이 높아질 것이다.

고속 농약 살포기

간작이
도움이 될까?

간작이란 심어놓은 나무 사이 공간을 이용하여 다른 작물을 심는 것을 말한다.

즉 망고나무를 심으면 나무와 나무 간격이 7×7m이다 보니 엄지손가락만 한 묘목을 달랑 심어놓으면 주변이 너무 넓게 보이고 빈 땅이 아깝다. 그리고 망고가 다 크려면 3~4년 걸리니 시간도 아깝게 보인다.

일리가 있고 시도해 볼만한 가치가 있어 보인다. 그러나 나는 한두 번 어쩔 수 없이 바나나와 침향목을 잠시 심었지만, 간작으로 생각하고 심지는 않았다. 그리고 망고나무에는 간작을 하지 않는 것이 좋다고 생각했다. 지금도 그 결정이 옳았다고 생각한다. 간작이 나쁘다는 게 절대 아니다. 내 경우에만 간작을 하지 않는 것이 옳다고 생각한 것이다.

우선 나무가 잘 자라려면 제초 작업을 부지런히 해야 한다. 땅이 넓어서 트랙터로 작업을 해야 하는데 중간에 심어놓으면 일하는 데 걸리적거린다. 또 주 작물과 간작 작물 간 영양 경쟁을 해야 하는데, 주 작물인 망고가 피해를 보면 안 된다. 그리고 어차피 두 작물을 같이 살펴야 한다면 주 작물에 집중할 수 없다. 특히 양돈을 같이하는 처지여서 한 가지를 더 하게 되면 더욱 그렇다.

마지막으로 사실 간작할 마땅한 작물이 발견되지도 않았다. 그리고 어설픈 거 잘못 심어서 푼돈 날린다는 얄팍한 장삿속도 약간 작용하였다.

기계화되지 않는 소규모 농장에서 좁은 땅을 효율적으로 이용한다는 측면에서는 간작이 권장할 만하지만 우리한테는 맞지 않는 것 같다.

흔히 농장을 방문한 사람 중에서 인사치레로 "간작을 한번 해보시지요." 하고 권할 때는 그 사람의 진정성을 의심해 보기도 했다.

제초제를
칠까 말까?

나는 제초제를 사용한 적이 없다. 그리고 앞으로도 칠 생각은 없다.

그런데 현실은 그렇지 않다. 망고나무를 1년 단위로 임대해 주다 보면 제초제를 사용하느냐는 그들이 결정하기 때문이다. 실제로 그들이 제초제를 뿌리는 걸 보니 아끼던 도자기가 깨지는 것 같은 그런 기분이었다.

농장을 방문하는 농업 전문가들에게 꼭 제초제를 사용해야 하느냐고 물어보았다. 놀랍게도 찬반이 극명하게 달랐다.

다들 농업박사들인데 한 분은 자기가 책임질 테니 무조건 치라고 하는가 하면 한편은 내 말 꼭 들으라며 절대로 치지 말라고 각을 세웠다. 한 사람의 일방적 주장이 아니고 주장하는 게 찬반이 엇비슷했다.

사실 제초제가 나쁘면 국가에서 생산을 못 하게 했을 거라는 생각도 해 보았고, 그런 걸 알면서도 굳이 반대하는 이유도 아리송했다. 그리고 제초제를 뿌린 땅에도 얼마 지나니 똑같이 잡초가 무성했다.

농사에 대박은 없다

외국에서 농사를 짓는다는 것은 한국에서보다 돈을 더 번다거나 새로운 것을 개척하여 보람을 느끼려고 도전하는 게 아닐까?

그러나 성공은 어렵고 실패는 쉽다. 농사는 정직하다고 한다. 오죽했으면 옛말에 "콩 심은 데 콩 나고 팥 심은 데 팥 난다"는 말이 농민들한테서 나왔을까.

여기서 해외 농업에서 어려움을 당하는 원인을 살펴보자.

♣ 품종개량의 허상

이 나라에서 품종 개량을 통해 획기적인 생산량 증가를 가져왔다. 이 종자를 가지고 저 나라에 가서 심어 보자. 과연 될까?

될 수도 있고 안 될 수도 있다. 이런 경우에는 농민이 하면 안 된다. 그 일은 농업 연구소에서 할 일이다. 그곳에서 다시 검증되고 확인되어야 비로소 농민은 그걸 전수받아 안전하게 혜택을 볼 수 있다.

농민이 건방지게 연구소 일까지 하다 대박 대신 쪽박을 찰 수도 있다. 그런데 자칫 자기만은 예외로 생각하고 할 수 있다고 무모하게 달려든 경우가 흔히 있다.

♣ 틈새시장의 함정

우리나라에서는 흔한데 여기는 없거나 비싸다. 틈새시장으로 생각하고 재빨리 시장에 끼어들어 대박을 꿈꾼다.

그러나 먼저 여기는 왜 없는지 그리고 왜 비싼지 이유를 알아봐야 한다. 여기 사람이 바보가 아니다. 다 못하는 이유가 있는 것이다.

이유를 발견하고도 다른 사람이 못하는 걸 자기는 할 수 있다면 그때는 시도해 볼 만하다. 그런데 그럴 때도 대부분 자기 자신을 과신하는 과오를 범한다.

♣ 나는 개척자가 아니다

나는 농사꾼은 약고, 신중해야 된다고 생각한다.

집에서 키우는 어미 닭에서 나는 지혜를 배운다. 어미 닭은 처음 병아리를 까면 절대로 둥지를 벗어나지 않는다. 그러다 조금씩 조금씩 행동반경을 넓혀 나간다. 아무리 안전한 지역이라도 어미 닭한테는 통하지 않는다. 병아리가 다 커서 혼자 모이를 찾을 때까지 조심 또 조심한다.

농사에 있어서 개척자는 뭐니 뭐니 해도 농업 연구소일 것이다. 그들이 하는 일 자체가 새로운 품종을 개발하거나 재배 방법을 연구하면서 때로는 실패도 하고 성공도 한다. 이러한 인고를 거쳐 새로운 것이 탄생한다.

농사꾼은 성공한 결과를 재빨리 받아먹으면 된다. 나는 가끔 행복한 농사꾼을 꿈꾼다. 즉 망고농사로 돈을 잔뜩 벌어서 밑천이 든든할 때 자기를 돈 벌게 해준 망고가 고마워 망고 연구소를 하나 만들어서 신나게 이리저리 해보고 싶은 것을 다 해보고 좋은 결과는 이웃과 나누는 것이다.

베테랑과
초보 농사꾼

농장 초기에 이름이 꽤 알려진 제약회사 직원이 농장을 방문한 적이 있다. 아마 농장 규모가 크니 비료에 대해 알아보려고 온 것 같았다.

그런데 나는 그때까지 제약회사가 비료도 생산하는 줄 몰랐다. 이야기 도중 '엔피케'라는 말이 나와서 무슨 말인지 몰라 바로 "엔피케가 뭐지요?" 하고 물었다. 그때는 무엇이든지 배울 때라 모르는 게 많았고 물어보는 게 부끄럽지도 않을 때였다.

순간 잠시 침묵이 흐르고 분위기가 이상하게 되었다. 우리는 비료의 3요소를 '질소, 인산, 카리'라고만 알고 있었는데 전문가들끼리는 간단하게 N.P.K로 부르는 모양이었다. 그래서 또다시 그분들에게 친절하게 비료의 3요소에 대한 설명을 듣는 수모를 당하게 되었다. 지금 생각하면 그분들이 N.P.K도 모르는 초보 농사꾼이라고 나를 얼마나 한심하게 생각했을까 하니 쓴웃음이 나온다.

농장을 방문하는 농업 전문가들은 대개 두 그룹으로 분류할 수 있다. 한 그룹은 대부분 농업 박사학위를 가진 장년층의 대학교수나 농업기관 연구원이다. 다른 그룹은 젊은 층의 현업 농업인이다. 고맙게도 나는 그분들에게 이론과 실기를 다 배울 수 있었다.

박사님들은 앉아서 말씀하시길 좋아하고, 젊은이들은 현장을 좋아한다. 이런 공짜 학습은 대부분 한 번으로 끝나기 때문에 다음에 의문이 생길 때 질문할 기회는 없다. 이렇게 하기를 20여 년 반복하다 보니 이제 나도 다소 분별력이 생겨서 어떤 말을 들을 때는 '그건 아니다.' 싶기도 하고, 어떤 말은 '그분의 편견이다.'라고 생각되기도 하였다.

그렇다면 현재 나의 정체성은 무엇일까? 나는 지금도 농사 초보자인가? 그건 아닌 것 같다. "서당 개도 삼 년이면 풍월을 읊는다"고 이제 누가 와서 '무슨 농사가 어떻습니까?' 하면 벌써 내 머리에서는 이런저런 생각이 정리되어 나름대로 장·단점을 설명할 수 있다.

그럼 농사 베테랑인가? 그것도 아닌 것 같다. 어떤 농사가 돈이 되고 안 되고는 알 수 있지만, 병든 나무를 보고 무슨 병인지 아리송하고 날씨가 비 온다고 생각하고 농사 준비했다가 허탕 치는 일이 자주 있다. 그러니까 자신 있게 예측했다가 헛발짓 하는 것은 베테랑의 참모습은 아니다.

이제 나이가 자꾸 드니 베테랑 소리 듣기는 점점 멀어져 가는 것 같다.

아리랑
마을

캄보디아에서 공식적으로 동 이름을 얻으려면 인구가 2,000명이 되어야 한다고 한다. 그러니 우리 땅에는 사람이 없으니 동 이름이 없다. 다만 지역이 넓다 보니 숫자로 6번 동으로 불렸다. 우리는 동네 이름을 우리가 지어 부르기로 했다. 그래서 고향을 연상케 하고 향수를 불러올 한국 이름으로 어

아리랑 마을의 중앙도로

떤 게 좋을지 생각했다. 여러 가지 이름을 거론하다가 나중에 무궁화 마을과 아리랑 마을이 경합하였는데 쉽게 아리랑 마을로 결정되었다.

우리가 부르기 시작하자 자연히 주변에서도 아리랑 마을이라 부르게 되었다. 그런데 가끔 현지인이나 외국인이 아리랑이 무슨 뜻이냐고 물으면 대답하기가 곤혹스러웠다. 묻는 사람의 수준에 따라 적당히 대답했지만, 진지하게 물어 올 때는 충분하게 설명할 지식도 부족하고 체계적으로 이해시킬 어학 실력도 되지 않았다. 아리랑 학교가 생기면서 아리랑이란 이름은 더욱 알려지고 친숙하게 불리게 되었다.

아리랑
학교

농장에 아이들 소리가 들린다는 것은 농장이 안정되었다는 뜻이다. 일꾼들이 이곳에서 아이를 키울 수 있다고 생각했기 때문에 고향에 두고 온 가족을 불러 같이 살게 된 것이다.

아리랑 학교

가끔 일꾼 집을 지나갈 때 아기 우는 소리, 아이들끼리 떠드는 소리 또 엄마의 야단치는 소리가 들리면 이것이 바로 사람 사는 모습이구나 생각하고 보기에도 좋았다.

어느 날 경비초소를 지나는데 경비대장이 총을 옆에 세워놓고 아이들과 시멘트 바닥에서 무엇인가를 열심히 쓰고 있었다. 가까이 가서 보니 아이들에게 글을 가르치고 있었다. 미처 아이들 교육을 생각하지 못한 것이 미안하기도 하고, 이제라도 아이들을 가르쳐야겠다는 생각이 들어 옆집과 의논하니 진작부터 학교 세울 생각을 하고 있었다며 이왕 마음먹은 김에 빨리 시작하자고 오히려 서둘렀다.

이곳의 초등학교는 대부분 사찰에서 운영하는데, 이곳 학교은 농장에서 5km 이상 떨어져 있고 또 큰 도로 건너편에 있어 사고 위험 때문에 부모들이 아예 학교 보내는 것을 포기한 형편이었다. 더군다나 학부모들은 학교에 내는 소소한 잡부금도 부담되었다.

경비대장과 의논하니 건물을 지어주면 자기가 당분간 가르치고, 그 사이 교사 자격이 있는 군인을 찾아보겠다고 하였다. 학교 교사는 개발되지 않은 땅에서 베어온 나무를 쓰고 꼭 필요한 것만 사서 지었다. 책상과 걸상은 같이 붙어있는 거로 만들었는데 동네 목수한테 아이들이 쓰는 책상이니 특별히 좋은 나무를 써달라고 하니 흔쾌히 승낙하였다. 지금도 그 약속이 지켜져 그가 만든 책상이 아직도 멀쩡하다.

가르치려는 열정 때문이었는지 경비대장은 자기 아들을 군대에 보내 훈련받게 한 후 농장으로 배치받아 데려왔다. 교사를 짓고 책상을 마련하고부터 뭔가 되는 것 같아 우리는 신이 나서 교복도 사 주고, 책가방과 학용품도 사 주었다.

그런데 문제는 아이들 연령이 다양하다 보니 교과과정을 어떻게 조정하는가 문제였다. 생각 끝에 영어를 가르치기로 하였다. 어린아이들에게는 글씨도 어려울 것 같아 무조건 단어만

처음 개교할 당시 어린이들

소리 지르게 했다. 그리고 노래를 가르쳤다. 한국 가사 영어 가사로 뒤죽박죽이었지만 아이들은 아랑곳하지 않고 목이 터져라 불러댔다. 마침 한국 기업에서 디지털 피아노를 캄보디아에 여러 대 기증하였는데 한인회에 부탁하여 그중에서 한 대를 기증받았다. 그런데 피아노를 치는 사람이 없었다.

현재 마님 국제학교

아이들은 학교에서만큼 소리로 배우는 것이 아니라 집에 갈 때나 올 때도 '에이 비 씨'를 외우고 '하우 아 유'를 외치니 부모들이나 일꾼들이 신기해하고 대견스러워했다. 가끔 한국에서 온 선교팀이 부르기 쉬운 복음성가를 가르쳐 주면 한동안 그 노래는 아리랑 학교의 교가가 되었다.

우리 사정을 모르고 사람들이 아리랑 학교에서는 어린아이들에게도 영어를 가르친다고 소문이 나자 동네 아이들도 기웃거리기 시작했다. 학교를 지을 때 우리 아이들만 생각하고 책상을 8개만 만들었는데 아이들이 작아서 한 책상에 세 사람 앉으면 32명이 정원이었다. 더 책상을 만들어도 교실이 좁았다. 우리 아이들은 당연히 자기 자리를 꿰찼지만, 동네 아이들은 빈자리가 아니면 서서 배웠다. 우리 아이들은 자리 욕심 때문에 결석도 없었다.

그러던 중 캄보디아 교육에 관심이 많은 서울시 은평구 응암교회의 임 장로님이 아이들이 좁은 교실에서 기를 쓰고 배우는 모습에 감명받아, 교회를 설득하여 교회가 학교 아이들을 인수받고 교사 건물을 신축하여 응암 '파님 국제학교'라는 이름으로 정부의 설립허가를 받아 학교를 아름답게 세웠다.

지금은 한국에서 파견된 교장 선생님을 비롯하여 여러분의 선생님들이 적게는 150명에서 많을 때는 200명이나 되는 학생들을 열심히 가르치고 있다.

훈장을 받다

사람이 살지 않는 데서 농사를 지으려니 항상 신변이 불안했다. 다행히 관할 군 부대장의 호의로 군인이 파견되어 다소 걱정이 덜어졌다. 이를 계기로 군부대와 자주 교류하게 되었다. 그러면서 이 부대가 해병대 사령부로 개편되면서 우리나라 U.D.T 훈련 교관 출신 자원 봉사자들이 부대원을 훈련시키자 더욱 가까워졌다.

그때 사령부 본부 건물을 지을 때 약간 후원을 했는데 그게 고마웠던지 훈장을 받게 되었다. 부대 행사 때 전 부대원이 도열한 가운데 국왕을 대신하여 국방부 장관에게 훈장을 받았다.

휘장과 메달과 훈장증을 받았는데 캄보디아어로 되어있어 무슨 내용인지 몰랐다. 나중에 직원한테 읽어보라 하니 제 나라 글인데도 횡설수설했다. 알고 보니 훈장증의 격을 높이기 위하여 왕실 용어를 사용했다 한다.

우리나라가 이 나라와 수교하면서부터 정부나 민간이 여러 가지로 이 나라에 도움을 주면 보답으로 훈장이나 상장을 준다.

훈장에는 등급이 있는데, 우리가 받은 훈장은 외국인으로 받을 수

있는 최고 등급인 '십자대훈장'이었다. 기여한 것보다 더 과분한 상을
받은 것 같아 미안하고 고맙게 생각되었다.

매스컴을 타다

한때 방송 3사에서 해외에 나가 있는 한국인의 활약하는 모습을 경쟁적으로 방송한 적이 있었다. 우리 농장도 먼저 KBS에서 방송이 나가고 시차를 두고 MBC, SBS에서도 나갔는데 방영된 프로그램은 기억이 나지 않는다. 내용은 각 나라에서 나름대로 성공한 사람을 찾아 성공담을 취재하는 것이었다. 그런데 캄보디아는 특별나게 성공한 사람이 없었던 모양이다.

그러던 중 교민 중에 누가 한국 사람 셋이 농사짓는다고 밀림에 들어갔는데 아직도 살아있다고 했다. 아마 아프리카에서 리빙스턴 박사가 수년 동안 소식이 끊기자 『뉴욕타임스』 기자 스텐 리가 리빙스턴 박사를 찾으러 간 그런 심정이었는지는 몰라도 어쨌건 우리를 취재하기로 한 모양이었다. 그런데 기자가 오기 전날 프놈펜에서 시내 모습을 촬영하다가 그만 카메라를 날치기당해 버렸다. 그래서 부랴부랴 여기저기 수소문하여 겨우 카메라를 빌려서 취재하였다.

또 어느 기자는 농장에 있는 물탱크가 상당히 크고 높았는데 쉽게 생각하고 올라가서 농장 전체를 촬영하다가 내려가려니 까마득해서 급기야 일꾼들이 업고 내려오는 해프닝도 있었다. 또 잡지에도 실리고 여행 작가들도 와서 이것저것 물어보기도 하였다.

그 후 서울에 가니 지인들이 T.V에서 봤다고 반가워했다. 그러나 매스컴을 타는 게 농장에 도움도 되지 않았고 그렇다고 일하는 데 지장을 주지도 않았다.

세 사람 이야기
그 후

이제 농사를 같이 짓기로 한 세 사람 이야기로 마무리하려 한다.

벌써 80을 바라보는 나이가 되었는데 세 사람 중 한 분은 평소 소신대로 과감하게 농장을 정리하고 고국에서 노후를 보내고 있다. 한 분은 안타깝게도 수년 전 지병으로 고인이 되셨다.

매사에 우유부단한 나만이 홀로 여기에 남아서 하늘만 쳐다본다. 문득 "어이! 여보게! 나 서울 갔다 올게. 집 좀 잘 봐줘!" 서울 갈 때는 언제나 신나고 활기찬 그 목소리가 들리는 것 같다. "어이! 나 왔어! 별일 없었나?" 돌아올 때는 누구나 여기 있을 때보다 건강하고 살이 통통 쪄서 오는 모습이 여기서 얼마나 힘들었는가를 간접적으로 증명하는 것 같아 보기 좋으면서도 마음이 짠했다.

한 분이 작고하시기 전 두 사람이 마침 서울에 있어서 병문안을 갔다. 몸이 자유스럽지 못하여 비록 말은 못하지만, 우리를 알아보고 반가워 하는 그 표정을 잊을 수가 없다. 우리는 말을 할 필요가 없었다. 왜냐하면, 그동안 너무너무 말을 많이 했기 때문이다. 그래서 우리는 말 대신 웃고 또 웃었다. 그리고 또 웃었다.

그러다 말을 할 수 있는 한 분이 말했다.

"그러고 보니 우리 셋이서만 찍은 사진이 하나도 없네! 오늘 한 번 찍어볼까?"

그래서 우리는 처음으로 포즈를 잡고 사진을 찍었다. 처음이자 마지막인 우리들 세 사람만의 사진을.

연도별 영농일지

(2001년 5월부터 2023년까지)

나에게 일어난 일이지만
언제인가는
다른 누구에게도
일어날 수 있습니다.

캄보디아에서의 생활이
다사다난했지만
농사에 관련된 것만 추리고
그해의 기후에 대해서도
적었습니다.

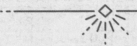

2001년
5월부터 12월까지

- 세 사람 공동으로 도요타 픽업트럭 96년형을 구입하여 농사지을 땅을 찾으러 다니다.
- 고무농장을 하려고 프놈펜 북쪽 지역 캄퐁참, 캄퐁톰 지역을 살피다.
- 후추농사를 하려고 후추를 많이 재배하는 캄폿, 메못, 수웅 지역을 다니다.
- 새우 양식을 하려고 남쪽 해안지방을 다니다.
- 밀림 상태의 지금 농장을 계약하다.
- 캄퐁스프에 숙소를 임대하고 본격적인 개간 준비를 하다.
- 주 정부로부터 개간 허가를 받다.
- 구입한 땅의 경계선을 측량하다.
- 구입한 땅을 세 사람이 나누다.
- 땅의 토양을 분석하다.
- 공동 경비는 월말마다 정산하기로 하다.
- 업무 보조를 위하여 직원을 채용하다.

- 세 사람 각자 법인을 설립하고 등기를 마치다.
- 새 땅 동네 이름을 '아리랑 마을'이라 부르기로 하다.

♣ 날씨(11월부터 날씨에 대한 기록이 있다.)

- 12월 말 아침 기온은 18℃로 서늘하고 사람들은 긴팔 셔츠를 입고 이불을 덥고 자다.

픽업트럭

2002년

- 밀림 개간을 시작하다.
- 4번 국도에서 농장까지 들어오는 진입로를 만들고 '아리랑길'이라 부르다.
- 처음 구입한 땅 말고 다른 땅도 계속 사들여 농장을 확장하다.
- 경계선에 울타리를 치기 시작하다.
- 오토바이를 사서 기동성을 높이다.
- 주 정부로부터 건축 허가를 받아 살 집을 짓다.
- 건기 가뭄을 대비하여 연못을 파다.
- 일제 중고 트랙터를 사다.
- 식수를 위하여 우물을 파다.
- 처음 조성된 농지에 파파야 63,000주를 심다.
- 창고와 주차장을 짓다.
- 오렌지 2,800주를 심다.
- 라임 3,900주를 심다.
- 바나나 3,300주를 심다.

- 망고 까르밋 650주를 처음 심다.

- 잭후르트 750주를 심다.

- 돼지를 키우기 위하여 350두 규모의 돈사를 짓다.

- 8월에 호우로 새로 만든 나무 다리가 떠내려가서 시멘트 다리로 보강하다.

- 신변 안전을 위하여 군인 2명을 지원받아 초소에 배치하다.

- 추가로 군인 3명을 더 지원받아 개인 경호를 담당케 하다.

♣ 날씨

- 이 해의 기후는 캄보디아 전체로 보면 가뭄이라 한다. 특히 논농사를 주로 하는 지역에 물이 부족하면 벼 수확량이 줄고, 민심이 흉흉해진다고 한다.
- 다행히 우리 지역은 물 부족으로 인한 어려움은 겪지 않았다.
- 우기 중 서풍이 비를 몰고 왔으나 9월 말부터 동풍으로 바뀌면서 비가 줄어들기 시작하다.
- 11월 말 강한 북동풍이 불면서 건기가 올 것을 알리는 듯하다.

울타리에 쓰는 통나무

2003년

- 농장에서 처음 심은 파파야를 수확하다.
- 새로 지은 돈사에 새끼 돼지 400마리 들여오다.
- 사료비 아끼려고 옥수수, 등겨 등을 사서 직접 사료를 만들다.
- 이런저런 사유로 새로 땅을 사서 농장이 점점 넓어지다.
- 조성된 농지에 물을 주기 위하여 플라스틱 파이프를 대량 구입하다.
- 망고 까우쩬 1,600주를 심다.
- 망고 까르밋 2,600주 심다.
- 타이 망고 800주를 심다.
- 노니 1,200주를 심다.
- 사우어숍 500주를 심다.
- 바나나를 수확하다.
- 소형 트랙터를 구입하다.

♣ 날씨

- 전년도 11월 중순 이후 계속 비가 없다가 2월 중순이 되어서야 비가 오다.
- 2, 3월에 충분히 비가 와서 해갈이 되었다.
- 12월 중순 이후 비가 없어 건기가 앞당겨진 듯하다.

땅 계약 모습

돈을 일일이 확인하고 있다

2004년

- 자연농업을 하려고 창고와 자재를 준비하다.
- 국토부에서 농장을 측량하고 지적도를 교부받다.
- 농림부로부터 농장 허가를 받다.
- 사탕수수를 가지고 설탕을 만들어 보다.
- C. P와 거래를 시작하다.
- 두 번째 돈사를 짓다.
- 코코넛 900주를 심다.
- 잭후르트 300주를 심다.
- 망고 까르밋 2,200주를 심다.
- 망고 까우쩬 650주를 심다.

♣ 날씨

- 3, 4월에 온 비로 해갈되었다.
- 다른 해보다 비가 적게 와서 벼농사에 지장이 있었다. 우리 지역
  은 가뭄으로 인한 피해가 없었다.

비가 올 것 같은 하늘 모습

2005년

- 농장에 큰 화재가 발생하다.
- C. P 주선으로 태국 양돈장을 보러 가다.
- 민물고기인 코끼리 물고기를 실험 양어하기 위하여 연못을 정리하고 치어(새끼 고기) 70여 수를 연못에 넣다.
- 농장 동쪽에서 불이 나다.
- 농장 진입로 입구에 아리랑 마을 간판을 달다.
- 망고 까르밋 3,800주를 심다.

화재

♣ 날씨

- 3월이 되어도 비가 적게 와서 해갈이 되지 못하였다.
- 강우량이 적으니 연못에 물이 넘치지 못하고 도랑물이 흐르지 않았다.
- 특히 연못은 지하에서 솟아 나오는 물보다 양돈에 사용하는 양이 많다 보니 수위가 점점 내려갔다.
- 8월에는 우기 중 건기가 왔고, 9월이 되자 충분히 해갈되었다.
- 10월에는 폭우로 농장 진입로 다리 2개가 모두 물이 넘쳤다.
- 강한 북동풍이 와서 돈사에 커튼을 내리고 어린나무에는 지주목을 대어 넘어지지 않도록 했다.
- 12월 기온이 20℃까지 내려가 돈사에 숯불을 피워 새끼 돼지를 보온하였다.

불에 탄 망고잎

불이 지나간 자리

2006년

- 아침 날씨가 추워 새끼 돼지 돈사에 숯불을 피워 보온하다.
- 침향유 착유 농장을 보러 가다.
- 자라를 키우려고 연못을 준비하고 자라 3마리를 넣다.
- 뽕나무를 심다.
- 침향목을 심다.
- 옥수수를 심다.

♣ 날씨

- 캄보디아 전체가 비가 많이 오다.
- 8월에 밤중에 내린 호우로 농장 진입로 다리 2개가 모두 물이 넘쳐 이틀 동안 다니지 못하였다.
- 첫 번째 다리를 철근 시멘트로 다시 보강하다.

진입로 다리 보수

- 잦은 비로 연못은 넘치고 도랑물은 계속 흐르고 농장 전체가 잡초가 무성하고 습기가 많고 질척거리다.
- 12월은 작년에는 추워서 법석 떨었으나 올해는 건기처럼 더웠다.

2007년

- 농장에 대 화재가 발생하여 경찰에 신고하다.
- 농장에 또 화재가 나다.
- 농장에 또다시 화재가 나다.
- 망고를 첫 수확하다.
- 세 번째 중고 트랙터를 구입하다.
- 우사를 짓고 소가 들어오다.
- 우사에 불이 났으나 소는 무사했다.
- 직원들과 해변으로 놀러 가다.
- 알로에를 심다.
- 세 번째 돈사를 짓다.
- 옆집 농장에서 큰불이 나다.
- 농장 서쪽에 포장된 도로로부터 진입로를 내기 위하여 땅을 공동으로 구입하다.

♣ 날씨

- 이 해는 별다른 특징이 없는 날씨였다.
- 망고 꽃이 11월 중순부터 피기 시작했다.
- 베트남에 태풍이 와서 그 영향으로 비가 오고 바람이 불다.

직원 야유회

2008년

- 농장에 화재가 나다.
- 옆집 농장에도 화재가 나다.
- 네 번째 돈사를 짓다.
- 밭벼를 심다.
- 아리랑 학교를 짓고 수업을 시작하다.
- 폭우로 둑이 무너지다.
- 옆집 돈사 2동을 임대하여 양돈 규모를 늘리다.
- 카사바 시험 재배를 위하여 빈 땅 40ha를 임대하다.
- 자연농업협회 조한규 회장이 방문하다.

♣ 날씨

- 다른 해에 비하여 비가 적게 내리다.
- 8월 중순에 내린 비로 둑이 무너지다.
- 10월에는 우기 중 건기가 왔다. 이럴 때는 날씨는 덥고 햇빛은 쨍쨍하고 그러면 돼지는 사료를 적게 먹는다.
- 12월 중에 금년 중 가장 비가 많이 와서 연못이 넘치고 둑이 무너지다.
- 가는 비가 자주 와서 밭벼 수확을 늦추다.

비 오기 전 하늘

2009년

- 중고 굴착기를 구매하다.
- 사료로 쓰기 위해 바나나를 심다.
- 퇴비를 만들기 위하여 한국에서 중고 나무 파쇄기를 들여오다.
- 한국인이 대규모로 개발하는 짜트로파 재배지를 방문하다.
- 무너진 둑을 보수하다.
- 망고 까르밋 900주를 심다.

🍀 날씨

- 전년도 11월 이후 비가 없다가 2월이 되어서야 비가 오다.
- 건기 때는 다른 해보다 더웠다.

배수관 설치 1

배수관 설치 2

2010년

- 국왕 이름으로 십자대훈장을 받다. 국왕을 대신하여 국방부 장관이 대신 수여하였다.
- 집에 불이나 천장을 태우다.
- 고무농장에 퇴비를 만들어 팔다.
- 나무 파쇄기 2대를 더 들여오다.
- 키우던 소 177마리를 팔고 우사를 철거하다.
- 옆집 농장에 불이 나다.
- 국제옥수수재단 김순권 박사가 농장을 방문하다.
- 농장에 불이 나다.
- 네 번째 트랙터를 사다.
- 타이 코코넛 600주를 심다.
- 망고 까르밋 3,500주를 심다.

♣ 날씨

- 다른 해보다 유난히 덥다는 것을 피부로 느끼다.
- 4월까지는 비가 부족하여 연못 수위도 줄고 도랑물도 흐르지 않 았다.
- 농장 전체는 물 부족은 아니나 새로 심은 망고는 물이 부족하여 몇 그루 말라 죽었다.
- 캄보디아 다른 지역은 홍수로 큰 피해를 보았다 한다.

2011년

- 세 번째 돈사에 먹이통을 스테인리스 자동 급수기로 바꾸다.
- 연초에 물이 부족할 것 같아 연못끼리 물길을 연결하다.
- 망고 까르밋 4,300주를 심다.

🍀 **날씨**

- 4월이 되어서야 많은 비가 내려 연못의 물이 불어나고 도랑물이 흐르고 저지대는 물이 고이다.
- 7월 말에 캄보디아 전체에 큰비가 와서 피해가 컸다.
- 농장에도 비가 많이 왔지만 그리 큰비는 아니었다.
- 11월에 태국은 70년 만의 큰 홍수였고, 캄보디아 북부지역도 홍수로 피해를 보아 나라에서 수재의연금을 거두었다.

2012년

- 지금까지 키운 돼지 중 가장 무게가 많이 나가는 돼지를 팔았다. 체중이 무려 166kg이었다.
- 모링가를 심다.
- 돈사 지붕을 교체하다.
- 처음으로 공용 전기가 들어오다.
- 식수로 쓰는 우물 물탱크를 교체하다.
- 망고 까르밋 7,452주를 심다.

🍀 날씨

- 다른 해에 비하여 많은 비가 내리지 않았고, 폭우로 인한 피해도 없었다.

2013년

- 자라기만 무성하게 자라고 열매를 맺지 않는 타이 망고를 제거하고 까르밋으로 대체하다.
- 진입도로를 붉은 돌흙으로 깔아 보수하다.
- 망고 까르밋 3,772주를 심다.

☘ 날씨

- 캄보디아 전역에 홍수가 났으나 농장은 별 피해가 없었다.
- 둑이 하나 무너지고 잦은 비로 도로가 파손되다.
- 12월에는 예년보다 추웠다.

도로 공사

2014년

- 진입로를 보수하다.
- 아리랑 학교를 서울 응암교회에서 인수하고, 학교 이름을 파님 국제학교로 고치고 교사를 신축한 후 개교하다.
- 무너진 둑을 보수하다.
- 망고 까르밋 552주를 심다.

♣ 날씨

- 1월인데도 추웠다.
- 1월 중순 최저기온이 16℃에서 17℃로, 1984년 이래 제일 추웠다 한다.
- 건기 때에는 예년보다 더 덥다. 집 안에서도 덥다.

2015년

- 양돈을 접다.
- 한국에서 개발한 친환경 영양제를 망고나무에 실험 살포하다.
- 한국에 귀국하여 해외농업개발이 주최한 세미나에서 '캄보디아에서 망고농장 개발 및 수출 전략'이란 제목으로 발표하다.
- 한국 해외농업개발 연수단이 농장을 견학하다.
- 망고 까르밋 4,277주를 심다.

🍀 날씨

- 예년보다 비가 적게 오고 저수지와 도랑물이 말랐다.
- 예년보다 더우면서 망고 수확도 5월 말에야 끝나다.

2016년

- 동쪽 도랑 길을 따라 불이 나다.
- 망고 꽃이 늦게 피어 2월 중순에야 피다.
- 망고 까르밋 2,967주를 심다.

♣ 날씨

- 날씨가 종전과 다른 패턴으로 변해가는 것이 느껴지지만 구체적 인 내용은 파악되지 않는다.

2017년

- 지금까지 심은 망고나무가 몇 그루인지 전수조사하다.
- 집중호우로 둑이 3개나 무너지다.
- 한국농업시찰단이 농장을 보러오다.
- 망고 까르밋 656주를 마지막으로 심다.

♣ 날씨

- 날씨가 변하는 양상이 바뀌는 것 같다.
- 종전에는 한 주간 단위로 흐리고 비가 오기를 반복하였는데, 최근에는 하루 단위로 아침은 흐리고 낮에는 해가 나고 저녁에는 비가 온다.
- 이는 전형적인 몬순기후의 특징인데 농장에는 좋은 일이다.
- 날씨 때문인지 망고를 수확 중인데도 새로 꽃이 피는 등 혼조를 보이고 있다.

2018년

- 홍수로 둑 5개 중 4개나 무너지다.
- 망고 까르밋 236주를 보식하다.

🍀 날씨

- 예년보다 비가 자주 오다 보니 병충해가 늘어 망고 수확량이 줄어들다.
- 아침에 비 오는 날이 많은데 대개 아침부터 비가 오면 일꾼들이 일을 하지 않는다. 여기도 "비 오는 날은 공치는 날이다"는 말이 통하나 보다. 다만 공치는 사람이 일꾼이 아니고 주인이다.

2019년

주지사 화재 현장 시찰

- 옆집 농장에서 불이 나자 관할 주 주지사가 관련 공무원들을 대동하고 화재현장을 점검하고, 파님 국제학교를 돌아보고 학생들을 격려하다.

- 오래된 창고 지붕과 일꾼들 숙소 지붕을 교체하다.
- 호우로 둑이 무너지다.
- 중국에 가서 대나무 가공 공장을 둘러보다.
- 망고 까르밋 440주를 보식하다.
- 망고에 탄저병이 오다.

♣ 날씨

- 우기 때 낮에는 해가 나고 저녁에는 비가 오다.
- 덥고 가뭄이 심하여 연못의 물이 고갈되다.
- 가뭄으로 전국적으로 제한 송전이 이루어지고 자주 정전이 된다.
- 우기 때 비가 자주 와서 망고 꽃이 결실을 못 하여 작황이 좋지 못하다. 대신 가격은 좋다.
- 건기 때 최고 온도가 42℃까지 오르다.

2020년

- 대나무 서식 상태와 경제성을 확인하고자 캄보디아 오랄 지역과 라오스 팍세 지역을 돌아보다.
- 농장 동쪽에서 불이 나다.
- 코로나로 망고 수출이 안 되어 가격이 폭락하다.

🍀 날씨

- 우기 때 날씨는 하루 단위로 맑고 비가 온다.
- 바람 방향의 변화는 종전과 같다.
- 예년보다 비가 적어 연못의 물이 줄어들다.
- 7월의 최고 온도는 37℃이고, 최저 온도는 27℃를 보였다.

2021년

- 코로나가 종식되지 않아 많은 망고농장의 수출 길이 막혀 농사를 포기하다.

🍀 날씨

- 7, 8월에 많은 비는 아니지만 계속 왔다.

2022년

- 코로나 때문에 망고 가격이 폭락하고, 우크라이나 전쟁으로 비료와 농약 가격이 올라 망고농장으로는 힘든 해였다.
- 프놈펜과 시하누크빌 간 고속도로가 완공되어 10월에 개통되다.

🍀 날씨

- 망고 꽃이 필 때 비가 오지 않아 병충해 피해가 적어 작황이 좋고 품질도 좋다.
- 올 시즌에는 망고 꽃이 세 번씩이나 피었다.
- 11월에 망고 꽃이 피다.

2023년

- 집 앞마당 시멘트 포장을 걷어내고 보도블록으로 교체하다.
- 날씨가 좋아 망고의 작황은 좋으나 코로나 후유증으로 가격이 회복되지 못하고 있다.

♣ 날씨

- 1월에서 3월까지 비가 오지 않고 날씨가 좋아 망고 작황이 좋다.
- 3월 중 더울 때는 39℃까지 온도가 올라가고 4월도 덥다.
- 지구 온난화 영향인지 동남아 전체가 폭염이라 한다. 태국 방콕은 체감 온도 40℃가 넘고 밤 온도도 38℃나 되었다 한다.
- 이곳 역시 예년에 비하여 무척 덥다.
- 4월 매일 낮 온도가 38℃를 보인다.

글을 마치면서

캄보디아에서 농사를 지으면서 일어난 일들을 글로 남기려고 생각한 것은 바로 얼마 전이었다. 막상 글을 쓰려고 하니 지난 일들이 생생하게 기억은 나지만, 언제인지는 확실치 않았다. 이럴 줄 알았으면 그때그때 미리 기록하여 두었을 걸 하는 아쉬움이 있었다. 다행히 날씨를 기록한 일기가 있었고, 보관 중이던 영수증이나 서류 등으로 지난 20년의 발자취를 날짜별로 어느 정도 복원할 수 있었다.

또 글을 쓰면서 그 내용이 너무 주관적이고 깊이가 없지 않나 걱정도 해보았다. 그러나 그것은 내 지식과 능력의 한계이니 어쩔 수 없다고 스스로 위로해 보았다.

처음 책을 내다보니 주변 여러분들의 많은 도움을 받았다. 먼저 옆에서 도와준 사랑하는 우리 가족들이 고마웠다.

이 책 내용에 대하여 섬세하게 여러 가지 조언을 하여준 김억기 사장께도 감사를 드린다. 김억기 사장님은 우리가 농사를 시작하고 몇 년 후에 우리와 합류하여 망고 농장을 하면서 친형제 이상으로 서로 의지하고 협력하였는데, 그의 해박한 지식이 많이 도움되었다.

아울러서 처음 원고 정리를 못 해 쩔쩔맬 때 이런저런 방법과 요령을 알려준 파님국제학교 임신자 교장 선생님께도 감사드린다.

그리고 글을 다듬어 주시고 출판에 도움을 주신 응암교회 임영규 장로님께 감사드린다.

마지막으로 예쁜 책을 깔끔하게 차질 없이 만들어 주신 출판사 생각나눔 이기성 대표와 직원 여러분에게도 감사를 드린다.

모든 영광을 하나님께 올립니다.

2023. 9.

저자 부부